"자연과 함께 이웃과 더불어"

김 영순

양구일지

양구일지

어느 사회과학자의 귀촌 이야기

2024년 3월 25일 초판 인쇄
2024년 3월 30일 초판 발행

지은이 | 김영순
펴낸이 | 이찬규
펴낸곳 | 북코리아
등록번호 | 제03-01240호
주소 | 13209 경기도 성남시 중원구 사기막골로 45번길 14
우림 2차 A동 1007호
전화 | 02-704-7840
팩스 | 02-704-7848
이메일 | ibookorea@naver.com
홈페이지 | www.북코리아.kr
ISBN | 978-89-6324-199-9 (03810)

값 18,000원

* 이 저서는 2023년 인하대 연구비 지원에 의한 것임.

어느 사회과학자의 귀촌 이야기

양구일지

김영순

북코리아

서문: 마을로 간 사회과학자

이 책《양구일지》는 고향에서 배우는 나의 경험을 기록한 자문화기술지이다.《양구일지》는 나의 고향이자 내가 사는 마을 양구에서의 이웃과의 '더불어 삶'과 다양한 상호작용을 보여준다. 이 일지는 나뿐만 아니라, 일지를 읽는 모두가 성장하고 발전할 수 있는 계기가 되길 희망한다.

양구는 나의 선조부터 지금에 이르기까지 친족들이 마을을 이루어 살고 있으며, 나의 현 주소지이기도 하다. 양구라는 지명을 들어봄직한 사람이 꽤 있을 것이다. 사는 곳이 양구라고 하면 경기도 양주로 착각하여 이해하는 분들이 많다. 양구에 살았거나 양구를 경험했던 사람만이 양구를 기억한다. 최근 사과와 시래기로 명성을 얻고 있기는 하지만 아직 양구는 생소하다. 양구를 좀 더 빨리 이해시키려면 박수근 화백과 이해인 수녀의 고향이라고 말한다. 혹은 철학가 안병욱 교수와 김형석 교수의 서재가 존재하는 인문학 마을을 이야기한다. 그러면 다소 양구를 익숙하게 생각한다.

나는 이 책을 통해 나의 고향이자 국토정중앙 양구를 알려보고

자 한다. 그래서 나는 이 기록을 나만이 보는 '일기'가 아닌 '일지'로 작성하였다. 많은 사람이 양구에 대해 친숙함을 갖도록 하는 것이 저술의 목적이다. 이렇게 시작한《양구일지》는 나의 2년간의 귀촌 이야기를 담았다. 이야기의 토대는, 학문수행자로서 질적연구자로서 나의 공존 철학 "자연과 함께 이웃과 더불어"에 맞추어져 있다.

유가에서 선비는 세상으로 나가 관직을 얻어 활동한 후 말년에 낙향하여 '배움터'를 세우고 자신의 학문수행과 후학을 양성하였다. 향교가 나라에 의해 만들어진 공교육 기관이고, 서원은 선비들에 의해 설립된 사설 교육기관이다. 내 조부께서는 관직을 갖고 있지 않으셨지만 현재 내가 사는 마을의 입향조로 학동들을 위한 작은 글방을 열었다고 한다. 이후 탁아소와 공회당 등으로 사용되다가 박정희 시대 새마을운동 일환으로 불법 건축물로 간주되어 해체되었다.

나는 어린 시절 그곳에서 천자문을 읽고 또래 아이들과 뛰어놀던 기억이 아직도 선하다. 나의 조부는 가난을 극복하는 방법이 교육이라는 점을 미리 깨달은 선각자였다고 생각한다. 나의 부친도 춘천에서 일하시다가 낙향하셨고 조부의 유지대로 고향을 지키셨다.

그런데 나는 젊은 시절 가난이 머물던 양구가 너무 싫었다. 이곳을 벗어나는 방법은 열심히 공부하여 춘천 유학을 하는 것이 유일한 통로였다. 정말 실행에 옮기었고 멀리 독일로까지 유학을 핑계로 도주하였다. 그리고 독일에서 뿌리를 내리고 살고 싶었다.

그러나 지금 나는 다시 양구로 돌아왔다. 내가 양구로 돌아오게 된 결심과 선택에 대해서는《양구일지》를 읽다 보면 이해할 수 있게 된다. 나는 대학교수로 25여 년을 살았다. 120여 권의 저술과 250여

편의 논문 등을 기술했고, 문하에 박사도 60여 명을 배출하였다. 나름 대학부설 연구소 소장으로서 내 전공 분야에서 일가를 이루고 있음을 자부하는 학자이다. 그러나 이런 경력과 수치가 내게 부끄러움이 된 것은 모친을 하늘나라로 보낸 그날 이후부터이다.

장례식을 치르고 한 학기와 한 번의 방학을 모친 사후의 남겨진 일들을 정리하기 위해 나의 생가에 머무르게 되었다. 6개월가량 인천과 양구를 오가며 모친이 쓰시던 가계 도구와 유산 등을 정리하고, 논과 밭 등의 경작지와 선산으로 내려온 임야 처리 문제를 해결하였다. 결국 도달한 결론은 가족들이 내려와 모친이 하시던 농업을 잇는 것이 가장 나은 방법임을 알게 되었다.

이렇게 결심하게 된 것은 도라지밭 때문이었다. 평범하지만, 뭔가 다른 그런 날이었다. 산책길에 어머니가 가꾸어 놓은 도라지밭을 지나는 어느 날 아침이었다. 밭을 빼곡하게 채운 보라색 도라지 꽃이 유독 눈에 띄었고, 그곳에서 모친의 모습을 볼 수 있었다. 이미 모친은 떠나셨는데 그가 심은 도라지가 꽃을 피우고 있었다. 이 사실은 내게 놀라운 깨달음을 주었다. 양구를 지우고 떠나려는 나를 붙잡은 어머니의 도라지밭, 그때 나는 결심을 했다. 그래, 우리가 내려오자. 여기서 낙향하여 내가 연구한 이론들을 실험하고 실천으로 옮겨 보자. 이후 나는 나의 철학인 '공존'과 '이음'의 두 단어를 따서 공익사단법인 '공존과이음'을 설립하였다. 이 책에 기록된 내용은 바로 '공존과 이음'의 설립과 함께 사회과학자로서 내가 귀촌 생활을 하면서 적은 경험들이다.

나는 운이 좋게도 이른 나이에 교수직을 얻었고, 열심히 가르치고 연구하고 학문적 업적을 쌓았다. 그런데 언제 한번 내 학문적 성과와 이론을 생활세계에 반영한 적이 있었던가. 이런 자성의 목소리가 나를 이곳 양구에 머물게 했다. 이제 나의 고향, 삶의 터전 양구에서 순박한 이웃들과 시선을 맞추고 부대끼며 실험을 하리라. 지속 가능한 사회를 위한 '공존'과 '이음'의 실험을 말이다.

공존과 이음을 실천하기 위해 '노동'은 필수적이다. 헤겔에 의하면 인간은 노동을 통해 자기 밖에 있는 대상을 실천적으로 자기의 것으로 만들어 나간다고 했다. 그럼으로써 대상에 대한 자기 자신의 실재성을 표현하고 객관화한다. 노동은 인간이라는 주체의 자기 대상화 과정이다. 또한 실천은 자기의식의 확립과정이기도 하다. 인간은 노동을 통해 세계와 관련하고 다른 인간과 관계를 맺는다. 이로써 인간은 고정된 존재로서의 본질이 아니라, 끊임없이 생성됨으로써의 자신의 본질을 획득해 간다. 즉 인간은 노동함으로써 스스로 반성하게 되며 자신의 능력을 외재화하는 실천적 자기의식을 성립시킨다.

나는 지금 밭일이라는 노동을 통해서 학문과 대화하는 법을 익히는 중이다. 이웃과 친해지는 법을 배우는 중이다. 내가 읽었던 논문에는 이런 내용이 들어 있지 않다. '앎'이 '삶'이 되는 과정을 지금 내가 경험하고 있다. 이제부터라도 나는 양심적인 사회과학자, 실천적인 질적연구자가 되기 위해 끊임없이 노력하고자 한다. 이 책을 통해 어느 사회과학자가 기획하는 '실천'과 '노동'의 실험을 이해할 수 있을 것이다.

이 책을 집필하는 데 있어 많은 분의 관심과 격려가 있었다. 우선 '공존', '이음' 철학에 동조해주신 200여 명의 '공존과이음' 회원 동지분들이 있다. 양구읍 박수근로 85번길에 함께 살고 계신 60여 분의 마을 이웃들이 있다. 무엇보다 양구로 귀향하는 데 동의한 내 가족들이 있다. 이분들은 모두 내게는 별들과 같은 존재들이다. 어두울수록 그 별들이 더욱 빛난다. 내게 그들은 삶의 동역자이자 반려자들이다. 내가 책을 읽고 글을 쓰고 시를 지을 때 나는 이들을 떠올린다. 서문을 쓰는 지금 양구 내 서재의 창으로 들어온 별빛이 영롱하다.

2024년 봄 양구 용옥재에서

저자 김영순

차례

3부 주경야독 晝耕夜讀: 근면하게 일하고 독서하라

4부 실사구시 實事求是: 자연으로부터 배우는 진리

1부

사도삼촌 四都三村

설렘과 도전의 콜라보

청춘 양구로 온 까닭은

양구에 오면 10년이 젊어진다. 이 말이 진실일까?

춘천에서 양구로 들어오는 국도에 "양구에 오면 10년이 젊어진다."라는 슬로건이 걸려 있다. 양구는 서울 사람들의 상수원이기 때문에 공장 등의 산업 시설을 지을 수 없어 오염이 제한된 청정지역이다.

내가 양구로 들어온 이유에 관해 묻는 분들이 많다. 혹시 10년 젊어지려고, 혹은 건강 때문에 그런 것 아닌가 하고 말이다. 물론 그 이유도 조금은 있지만 정작 양구살이를 결정한 것은 양구가 내 고향이며, 내 선조들의 삶의 터전이었기 때문이다.

현재 내 집과 사단법인 공존과이음의 사무공간이 들어선 곳은 나의 조부모님이, 나의 부모님이 사셨던 곳이다. 원래 조부께서 'ㅁ'자 집으로 지었던 것을 아버지가 일부 증축을 했었다. 그런데 이 집을 수선하고 살까 했지만, 워낙 수리 비용이 새집 건축비만큼이나 많이 들어 철거를 결정했다. 철거를 결정하는 과정이 순조롭지 않았지만, '용옥재'라는 이름을 붙인 새로운 건물을 신축했다. 용옥재 명칭은 아버님 함자 '용택'과 어머님의 '옥순'의 앞자를 딴 것이다. 엄격히 말해

이 집은 나의 집이라기보다 부모님의 뜻이 담긴 집이다.

할아버지께서는 이곳, 비가 오면 수렁이 많은 이 동네, 그래서 '진구라니'라는 순수 한국어 명칭을 가진 여기에 정착했다. 한자로 '이리'라는 지명인데, 진흙 '이', 마을 '리'를 써서 이곳이 '진흙이 많았던 곳'임을 말해준다.

나의 조부는 바로 이 동네에 정착한 입향조이셨다. 당시 마을 지도자 역할을 하셨던 조부님에 이어 젊은 시절 춘천에서 계셨던 아버님도 이곳 양구에 귀향하셨다. 줄곧 동네 산고사, 동제 등의 제관 역할과 이장 등을 맡으셨다. 그뿐만 아니라 조부는 마을 공회당을 짓고 탁아소와 야학을 운영하시기도 했다. 내가 설립하려고 하는 작은 도서관 건축부지가 바로 이 땅이었다.

내가 이주한 첫 번째 이유는 이 마을에 정착하여 무언가 선조들이 이루었던 일을 이어야겠다는 '이음'의 생각이다. 이러한 생각은 아마 유교주의로 인한 1차 사회화의 영향일 듯하다. 유교에서는 선조의 업을 잇거나 출세 후 환향이란 '이음'을 행한다. 두 번째는 그간 소작으로 운영하여 별다른 수익 구조를 창출하지 못한 절대 농지 운영을 직영하겠다는 생각이다. 그럼으로써 농촌의 수익 구조를 개선해보고 싶은 마음이 있어서이다. 세 번째는 바로 나의 개인적인 건강 유지를 위한 욕심이다. 40대부터 소화기와 호흡기 계통의 장애로 고생했기에 체질 개선과 건강 회복을 생각했다. 마치 '자연인' 비스름한 삶을 살기 위해서이다.

일주일 중 3~4일을 이곳 양구 용옥재에서 생활하면서 신체적으로, 정신적으로 건강해지고 있음에 스스로 놀란다. 아침 6시이면 으

레 기상하게 된다. 침대에 누워 있을 수 없는 이유는 창으로 들어오는 아침 햇살 때문이다. 이어 7시 아침 식사를 규칙적으로 한다. 일단 더워지기 전인 10시 정도까지 일하고 쉼을 갖는다. 이후 4시 30분부터 7시 30분까지 오후 노작을 하고 난 후, 8시 정도 저녁 먹고 9시 정도면 바로 취침하는 생활을 하다 보니 건강해질 수밖에 없는 것 같다. 물론 이와 같은 일정은 방학이나 안식년에 가능하고, 1주일에 3박 4일 양구에 있을 때만 가능하다.

이번 주에 집중적으로 한 일은 메리골드 꽃밭에 스프링클러 이동 및 방향 바꾸기, 정원과 꽃밭에 잡초 제거하기, 정원에 나무 식재 등의 일이다.

지금 살고 있는 이 집 용옥재를 짓기 전에 우리 동네(현재 박수근로 85번길)에 들어서면 파란 지붕의 가장 큰 집이 이전의 나의 생가이다. 눈에 띄었던 집이었기에 새집 역시 그런 콘셉트를 유지하려고 설계만 1년이 걸렸다. 지금 용옥재는 사람 인(人) 자 형태로 건축되었다. 이곳은 지금 현존의 사람들이 사는 곳이고, 정원은 우리가 가야 할, 선조들이 이미 가 계시는 영원의 세계이다. 선조들의 혼이 머무는 사당을 정원 방식으로 구현하였다. 원래 집을 철거하면서 나온 목재, 구들장 등을 새집 마당과 정원에 설치하였다. 정원에서 일하다 보면 조부모님과 부모님을 생각한다. 그들의 삶을 지탱해 주었던 질료들로 이루어진 정원, 그래서 정원에 들어서면 '이음' 생각으로 숙연해진다.

2022.06.12.

공존이음의 길을 넓히다

지난주 공존과이음 법인의 센터 부지까지 진입로 확장 공사가 진행되었다. 원래 차가 한 대 정도 다니는 길이었으나 1.5미터 이상을 무상으로 내주고 군청에서는 도로 확장 및 포장을 해주었다.

이 건물은 나의 조부께서 운영하시던 탁아소 건물이 있었던 곳에 조성된다. 원래 2층 60평으로 설계되었으나 정년 이후 머물 주택과 법인 사무실을 건축하느라 여유 자금을 다 써서 (가칭) 공존이음센터 건물은 33평 규모로 설계를 축소해 진행하였다.

공존과이음 철학의 태동과 확산에 본부가 될 공존이음센터는 작지만 두 개의 건물이 들어선다. 하나는 교육 및 연구 공간이며, 또 다른 하나는 갤러리 및 세미나 공간이다. 아직 이 공간들의 구체적인 이름을 짓지 못했다.

첫 번째 공간은 법인에서 진행하는 리틀 박수근 프로젝트, 지역 주민들의 독서와 문예 리터러시 교육, 어르신들의 치매 예방 프로그램을 운영하게 된다. 아울러 양구에서 활동하는 봉사자들과 우리 공존과 이음의 회원들을 위한 쉼의 공간, 만남의 공간으로 기획하였다.

두 번째 공간은 공존을 주제로 작품 활동하는 화가들의 무료 전시는 물론 관련 세미나를 행할 수 있도록 기획했다. 이 갤러리 공간에서는 동남아와 중앙아 현지 연구를 진행할 때 거리와 시장에서 구입한 그곳의 풍경화를 전시할 계획도 있다. 30여 년간 40여 개국 이상에서 다양한 민족을 연구하기 위해 현지를 조사했다. 그곳에서 구입한 그림들은 현지인들에게 가장 인상적인 건물, 도로, 산 등 랜드 스케이프 위주의 유화들이다. 지금까지 모은 그림은 80여 점. 그렇다고 비싼 가격의 그림들은 아니다.

그림을 수집하면서 함께 조사에 참여했던 동료 연구자들에 가장 많이 들었던 말이 왜 그림을 사느냐, 그것도 시장이나 거리에서 가치 없는 싼값의 그림을 말이다. 나는 그럴 때면 늘 정해진 답이 있다. 내가 그림을 통해 이곳에 왔었음을 기억하는 데 용이하고, 재한 이주민들이 갤러리에 방문했을 때 자신의 모국과 고향을 간접적으로 볼 수 있게 함이라고 말한다.

우리는 늘 자기 위주의 생각 속에서 살아간다. 내게 질문했던 동료들은 그림은 비싸야 소장 가치가 있다는 데 주안점을 둔다. 나는 그렇지 않다. 언제나 꺼내 볼 수 있고 추억을 혹은 향수를 느끼게 하는 것이 중요하다고 본다.

좁았던 길을 넓게 만들어 많은 사람이 드나들게 하는 것, 이것과 나의 그림 수집의 취향은 같다. 많은 사람이 그림을 통해 '더불어 살기'를 느낀다면 이 갤러리의 몫은 다하게 되는 것이다.

우리는 늘 함께 존재해야 하는 이유가 있다. 2022.06.24.

DOOSAN

나를 찾아온 코로나와 공존의 시간

올 것이 왔다. 반갑지 않은 손님이 왔다.

3주 전에 아내가 코로나였고, 나도 그때 함께 걸리려고 노 마스크로 함께 격리했는데, 그때 찾아오지 않으셨던 코로나가 지난 주말에 나를 찾아왔다.

매주 목요일 오후에 내려와 밭을 갈고 작물을 심고, 정원을 가꾸는 일 등에 집중하였다. 지난 주말에 비 소식이 있어 나무 심기를 무리하게 했는지 몸살 기운이 있었다. 이후 인천에 올라가 월요일 아침에 가정의학과에 갔다. 병원에서 감기몸살 처방과 코로나 검사를 병행하였고, 급기야 두 줄이 선명하게 나와 코로나 감염을 확인하였다. 그 길로 약을 받아 다시 양구 집으로 내려와 격리 4일차이다.

여느 분들과 똑같이 처음에는 발열과 오한, 이후 1~2일차에는 인후염, 목 잠김, 기침 등이 나타나고 있으며 어제저녁부터 조금 완화되는 듯 싶은데 무력감이 나타난다. 예정된 수업은 줌을 통한 비대면 수업, 대체 강의 등으로 진행했다. 대학원생 대상 강의는 발표 수업이라 채팅을 통해 코멘트를 달아 주었다. 그래도 책상에 앉아 있기가 매우 버거웠다.

이렇게 전염병은 내가 맞이할 준비를 갖추었을 때는 안 오고 바람처럼 예고 없이 찾아오는 불청객이 틀림없다. 중간고사 채점, 논문 마무리 작업 그리고 이곳 양구의 노작 활동도 올스톱 되었다. 올곧이 아픈 나를 내가 스스로 돌보는 시간이다.

양구일지의 첫 부분에 나오는 글이 코로나로부터 시작해서 무언가 흥미 있는 글을 기대하신 독자들께는 '김빠진 사이다 맛'일 거다. 가끔 페이스북에 내가 양구에 내려온 사연을 적긴 했어도 구체적으로 언급하지는 않았다.

양구는 얼마 전 엄청난 산불이 나서 언론을 불태웠던 적이 있는 아주 작은 군 단위 지자체이다. 양구는 인제, 화천 등을 인접하고 있다. 또한 38 이북 수복지역으로 사실 일부는 북한 쪽으로 편입되어 있어, 한반도 남쪽 대륙의 가장 면적이 작은 '군'이라고 한다. 양구는 '금강산의 입구'(예전 금강산이 계양산으로 불림)라는 뜻의 지명이고 외금강과는 양구 중심부에서 30분 정도밖에 걸리지 않는다.

최근 양구는 국토정중앙이라는 지리적 위치와 박수근 미술관, 김형석-안병욱 철학의 집 등으로 알려져 있다. 그렇지만 예전에 이곳은 은둔의 지역이었다. 한때 백범 김구의 저격범인 안두희가 숨어지냈던 곳이라는 데서 이를 알 수 있다. 한때 오지 중의 오지였다. 그런데 지금은 동·서 간 고속철도 개통을 앞두고 군청이 적극적인 외부 네트워크와 협력사업을 펼치고 있다. 특히 매해 다양한 동계 및 하계 스포츠 대회를 유치하여 주말에 읍내에 나가면 명동을 방불케 한다.

양구가 세간에 알려진 것은 군사적 요충지라 두 개의 보병사단이 있어서, 이곳에 수많은 청장년이 군 복무를 했다. 그렇기에 그들의 추억 회고 때문이리라. 어떤 기억으로 남았든 일정 기간 양구는 병영 추억의 담지체이다. 모임 자리에서 남자들의 군대 이야기는 필수적인 요소이니까 말이다.

양구에 대해 고개를 절레절레 흔드는 이들도 많다. 군 복무 경험에서 혹독한 추위와 친절하지 않은 바가지요금이 그 요인이다. 우선 자연환경으로 보면, 3월 중순에서 4월 초순에 이르기까지 눈이 오거나 밤에 영하의 기온이 나타난다. 시장 물가 또한 춘천에 비해 사뭇 비싸서 장을 춘천에서 봐 오기도 한다.

이제 시간 날 때마다 양구의 이야기를 페이스북에 기록할 것이다.

양구와 양구 사람들에 대한 이야기를 에스노그래피로 적을 것이다. 며칠 후면 자연스레 코로나와 헤어지겠지만 내 몸에 찾아온 요놈이 양구일지를 진지하게 쓸 수 있는 시간을 주어 고마울 따름이다.

지난주만 해도 나는 건강하게 정원작업을 했고, 필리핀 계절 근로자분들과 노작 활동을 하였다. 이제는 이렇게 농촌에서도 외국인들을 대할 수 있다. 그들이 코로나를 극복하고 건강하게 경제활동을 한 후 가족이 있는 모국으로 돌아가 행복하게 지낼 수 있기를 바란다. 코로나도 외국인 근로자도 이제 우리와 공존할 존재가 되었다.

2022.05.06.

양구 용옥재를 방문한 제자들

코로나 격리가 지난주에 해제되었지만, 잔기침이 심해 1주일 더 양구 용옥재에 머물며 쉬었다. 모두 2주 동안 14일 연구소를 비웠고, 수업도 줌 비대면 강의를 진행하였다.

연구소 연구교수 두 분과 박사과정 연구원 세 분이 오늘 점심 정도에 방문하고 싶다고 연락해주었고, 나도 그들이 보고 싶어 흔쾌히 허락하였다. 가는 날이 장날이라고 주말의 시작인 금요일이라 서울-양양 간 고속도로가 주차장을 방불하는 교통 사정으로 4시간 가까이 걸려 그들이 왔다.

인천에서 양구를 오려면 제2경인고속도로, 수도권 순환도로, 서울-양양 간 고속도로를 타다가 춘천 IC로 나와 춘천-양구 간 46번 국도를 타야 한다. 그중 주말이면 막히는 구간이 바로 서울-양양 간 고속도로에서 미사리-강촌 구간이다. 예전에는 오후에나 밀렸던 도로가 최근에 금요일 오전부터 밀리는 경향이 있다.

물론 대안이 없지는 않다. 모든 길은 연결되어 있다. 인간관계처럼 말이다. 꽉 막히는 구간이 있으면 잘 달릴 수 있는 터진, 빈 공간,

잘 달릴 수 있는 공간도 있다. 밀리지 않는 도로를 찾아주는 내비게이션 어플도 존재한다.

길이 막힌다 해도 목표는 변하지 않는다. 제자들이며 나의 동료 연구자들이 내가 사는 양구를 목표로 했을 때 그들은 차가 막히든 안 막히든 개의치 않았을 것이다. 목표가 있기 때문이지 않을까.

환대, 나는 이들의 방문이 마냥 좋았다. 14일간 눈빛을 단지 모니터를 통해서만 그들의 얼굴을 보았기에 직접적인 시선의 마주침은 그들에게도 나에게도 '환대'의 교환이었다.

그들이 도착했다. 점심은 국토정중앙 면에 있는 시래기밥 정식으로 하였다. 이 정식은 양구 펀치볼의 특산물인 시래기를 주재료로 한 것이다. 점심을 하면서 그간의 안부와 연구 수행상황에 대해 의견을 나누었다.

외지 손님이 오시면 나는 늘 양구의 명소 몇 군데를 소개하고 그들과 함께 탐방한다. 한반도 섬, 철학가 김형석 교수님과 안병욱 교수님의 서재가 있는 인문학 마을, 박수근 미술관 등을 방문하였다.

집으로 돌아오는 길에 산림조합 묘목장에 가서 유실수(앵두나무, 복숭아나무, 자두나무, 사과나무)를 몇 그루 샀다. 향후 작은도서관 '배꼽서재'가 들어설 정원에 심기 위해서이다. 이렇게 식목 행사를 가진 이유는 제자들과 함께 심은 나무가 꽃을 피우고 잎을 내밀고, 과실이 열매를 맺기까지 책임을 져야 한다는 의미에서다.

나무를 심는다고 다가 아니다. 나무에 물을 대주고, 거름을 주고 가지치기해주면서 끊임없는 관심을 가져야 한다. 그것이 나무를 심은 사람의 윤리인 셈이다. 나무를 심고 가꾸는 것은 교육행위와 같다. 나무를 돌보는 것은 교육자들이 학생들을 돌보는 것과 같다.

나무를 함께 심으면서 나는 제자들에게 "20년 후 이 나무가 어떻게 성장하고, 어떤 열매를 맺을 것인가를 상상해 보자."라고 제안했다.

나무에 대한 기대는 돌봄을 행하는 자가 나무를 얼마나 사랑하는지의 관심과 비례한다. 이처럼 교육자는 학생들에게 끊임없이 돌봄을 행해야 한다. 그것이 교수자의 책임이다.

지는 해가 뒷산에 걸렸다. 이제 제자들이 돌아갈 시간이 되었다. 6시간가량 양구에 머물렀던 제자들, 이들이 돌아갈 때 양구 특산물인 곰취와 아스파라거스를 선물로 싸주었다. 주는 나와 아내도 받는 제자들도 행복했다. 멀리까지 스승의 병문안을 와 주었던 제자분들에게 고맙다.

우리 정원의 나무들이 무럭무럭 자랄 것이라는 믿음과 기대가 있다. 이를 제자들과 함께 나누어 행복한 하루였다. 나의 제자들도 저 나무들처럼 성장해서 우리 사회를 위한 숲도 만들고 열매도 내어주길 바라는 심정이다.

2022.05.17.

한반도섬

자기가 지은 집에서 사는 사람

최근 이런저런 일로 용옥재를 방문하는 벗들과 지인들이 많다. 이번 주에도 여러 분들이 다녀가셨다. 그분들 중에서는 주로 자기 집을 짓고 싶은 분들이 꽤 많으시다. 노하우를 묻기도 하고 건축비 등 재정적인 문제를 묻는 사람들도 많다.

우선 오시는 분들과 두어 시간 밭과 정원의 잡초 제거 등을 함께 한다. 땀이 송송 맺힐 정도까지. 그 이유는 전원생활은 낭만이 아니라 잡초와의 공존과 전쟁이라는 교훈을 알려 주고 싶기 때문이다. 또한 전원생활이 도시에서의 삶에서 벗어나 자연인으로 살 수 있는 연습의 전초전이라는 점이기 때문이다.

실제 대부분의 사람은 남이 지어 준 집에서 산다. 도시의 경우 개인 주택보다는 아파트라고 불리는 공동주택에서 산다. 인간을 둘러싼 공간은 기억을 만들어 내는 데 중요한 역할을 한다.

도시 공간은 하늘과 땅 사이에 존재하는, 원래 자연의 영역인 것에 인간이 써 내려간 텍스트이다. 그러므로 이것은 순수하게 인간이 창조해 낸 다른 텍스트와 같이 인간과 인간이 소통하는 매개이기도

하지만, 인간과 자연, 인간의 실존적인 자아와의 소통을 위한 텍스트이기도 하다.

레비-스트로스(Lévi-Strauss)의 〈슬픈 열대(Tristes tropiques)〉에 나타난 보로로 마을의 모습은 공간이 그 거주민들의 삶과 밀착되어 상호작용 하는 예를 보여준다. 공간은 그들의 작은 우주를 표상하고 삶 자체를 그대로 드러내 준다. 그러나 도시가 팽창하면서 양식은 혼합되고 획일화되었으며, 도시민 대부분은 다른 사람들의 창조물 속에서 살고 있다. 이것은 도시의 불명료성을 가지고 왔다.

현대 도시의 공간들이 그 나름의 방식으로 의미작용을 하는 것은 확실하지만, 이것은 마치 외국어를 읽는 것과 같아서 우리가 그 글을 읽을 수 있다 해도 이해하지는 못한다는 것이다. 즉, 현대 도시민은 도시 공간과 소통하는 방법을 잊어버린 것이다. 소통의 단절은 의미의 빈곤을 가져오고, 그것은 공간이 인간적 삶을 형성하는 데 아무런 의

미도 없다는 것과 같다. 내가 속한 이 장소가 나의 삶에 아무런 영향을 미치지 못한다면, 국가, 지역, 집은 과연 의미가 있는 것인가. 내가 '여기'에 존재해야 할 이유가 없다면 인간은 어디에도 뿌리내리지 못하는 유랑민이다. 그래서 우리에게는 의미 있는 공간이 필요하다.

공간 텍스트는 다른 텍스트가 주는 의미작용과 다르다. 광고, 영화, 문학과 같은 텍스트는 그것을 구성하는 구조적인 서사 장치가 존재하고 우리는 이것을 받아들이는 데 익숙하다. 그러나 공간이 주는 의미는 관념적으로 풀어낼 수 있는 것이라기보다는 공간의 본질적인 느낌이나 분위기에 의해 결정될 수 있는 것이다. 그러므로 무엇보다 공간 텍스트에서 중요한 것은 공간에 진정한 의미를 부여할 수 있는 작업과 공간의 의미를 읽어내는 감성을 길러내는 작업이다.

인간이 도시 공간에 이야기를 부여하는 행위는 공간을 의미 있는 장소로 만들어 주는 작업이며, 도시에게 먼저 말을 건네는 작업이다. 또한 이야기를 통해 의미를 획득한 공간은 그 이야기를 통해 방문자에게 다시 말을 걸게 된다. 이렇게 하여 인간과 공간의 소통을 통한 의미작용이 일어나게 되는 것이다.

인간의 진정한 해방은 삶을 자율적 존재로서 살아가는 데 있다. 우리의 삶이 자주적인 것처럼 자신이 설계하고 짓고 가꾸어가는 공간의 선택은 중요하다. 자기가 설계하고 지은 집에서 사는 것이야말로 진정한 자주적인 인간, 자주적 삶임을 체험한다. 그 집이 비록 작더라도, 소박하더라도 자신과 가족이 함께, 살고 싶은 최적의 공간을 만드는 것은 힘들지만 가치가 있다고 본다. 그래서 자기가 지은 집에 사는 것은 더욱 아름답지 않을까?

2022.06.25.

POST
30-5
K&Y

산촌에 펼쳐진 노을

이렇게 고향 양구에 살기 전에는 노을이 바닷가에만 있는 줄 알았다.

왜 나는 어릴 적 노을을 못 봤을까? 아니면 기억 못 하는 걸까?

한때 군대 생활을 해병 장교로 근무해서 정말 지겹도록 노을을 본 적이 있다.

강화도와 김포 반도 사이에 수로가 하나 있었는데, 북쪽의 임진강 하구, 남쪽의 한강 하구가 만나 하나의 물길을 만든다. 썰물일 때는 물이 빠지고, 밀물일 때는 물이 차는 그곳을 사람들은 '염하수로'라고 부른다. 만 2년 가까이 이곳에서 해안방어 임무를 한 적이 있었다.

군 생활을 하면서 보았던 노을은 아직도 생생하다.

노을을 또다시 보게 된 것은 인하대로 부임 후 연구실에서 우연히 바라본 영종도 방향의 하늘에서다. 이렇게 노을이 아름다울 수 있을까?

내 연구실이 마침 바다 방향이라 자주 영종도 하늘의 노을을 보았다. 늘 기묘하다. 노을빛은 그렇게 다양하다.

그런데 오늘 문득 서산에 넘어가는 해를 감지하고 고개를 들었을 때 서쪽 하늘에 펼쳐진 노을은 말 그대로 장엄하다. 바다가 없는 산촌에도 멋진 노을이 있다. 이것을 왜 몰랐을까. 해가 산 사이로 숨을 죽이며 넘어가는 모습이 마치 '낙화' 같다.

낙화 落花

가야 할 때가 언제인가를
분명히 알고 가는 이의
뒷모습은 얼마나 아름다운가.

봄 한 철
격정을 인내한
나의 사랑이 지고 있다.

분분한 낙화
결별이 이룩하는 축복에 싸여
지금은 가야 할 때.

무성한 녹음과 그리고
머지않아 열매 맺는
가을을 향하여
나의 청춘은 꽃답게 죽는다.

헤어지자
섬세한 손길을 흔들며
하롱하롱 꽃잎이 지는 어느 날.

나의 사랑, 나의 결별
샘터에 물 고인 듯 성숙하는
내 영혼의 슬픈 눈.

- 이형기

노을은 자연 현상이다. 해가 뜨면 반드시 해는 져야 한다. 시어 “가야 할 때가 언제인가를//분명히 알고 가는 이의//뒷모습은 얼마나 아름다운가”에서 노을은 바로 ‘뒷모습’이다. 가야 할 때를 알고 가는 이, 그것이 바로 노을인 것이다.

우리 모두 가야 할 곳을 안다. 그게 언제인지 모르겠지만, 그래서 늘 다른 이들을 돕고 격려하며 더불어 살아야 한다. 우리 모두 노을처럼 아름다운 삶으로 마무리를 이루길 바란다. 2022.07.04.

농촌의 하루일과

방학이라 주말과 주중 모두 양구에서 정원일, 농사일을 하고 틈틈이 독서와 글을 쓴다. 주경야독(晝耕夜讀)을 직접 실천한다고 할까. 요즘 일과는 5시 30분에 기상하여 간단히 스트레칭 하고 6시부터 바깥일을 시작한다.

식전 1시간 30분 정도 일하고, 7시 30분에 아침 식사를 한다. 아침 식사는 간단히 빵을 먹지만 샐러드만큼은 밭에서 바로 뜯은 쑥갓, 상추, 방울토마토 등이다. 빵을 제외하고는 모두 내가 가꾼 텃밭에서 얻어낸 것이다. 빵 역시 양구에서 농사지은 양구 쌀로 만든 것이다. 빵을 사오는 곳은 배꼽제빵소이다. 양구에도 나름 수준이 있는 제빵소가 있다. 양구를 질러 흐르는 서천가의 언덕 위에 우뚝 서 있는 적벽돌의 건물이 바로 배꼽제빵소이다.

이렇게 배꼽제빵소에서 구운 빵을 먹고 난 후 10시 30분까지 오전 일을 한다.

10시 30분이 넘으면 날이 덥기 시작한다. 그래서 밭일을 할 수 없다. 낮에는 독서도 하고, 글도 쓰고 낮잠도 자기도 한다. 이러다가

햇살이 사그라지는 4시 30분부터 어두워지는 8시까지 다시 일한다.

무슨 일을 하냐고 궁금할 수 있다. 어제 일과를 구체적으로 이야기해 보자.

아침 식전에 며칠 전에 장마로 인해 터진 둑을 새로 정비했고, 식사 후에는 이웃에서 얻어 온 들깨 모종을 심었다. 10시가 넘어서면서 날씨가 더워져 더 이상 밭일을 할 수 없었다. 마침 장날이라 시장에 이것저것을 구경도 하고 사기도 했다. 양구는 5일장을 지킨다. 5일, 10일, 15일 이렇게 5일마다 장이 선다. 산촌이기에 장날에는 사람들이 모이고 각종 물건이 거래되어 늘 축제 분위기가 연출된다. 물건을 사지 않아도 그냥 둘러보는 기쁨도 크다.

장을 구경하고 나서 좀 쉬었다가 책상에 앉았다. 이번 주말에 비대면 줌으로 진행하게 될 대학원생 논문지도를 준비하기 위해서였다. 대학원생의 발표 자료를 검토하고 코멘트를 준비했다. 내 연구실에서는 박사논문을 제출하기 1년 전부터 집중하여 지도한다. 이번 학기에는 모두 5명의 연구자가 박사논문 제출 후보자이다. 논문지도는 학문적인 것을 넘어 연구자마다 지닌 다양한 학습 스타일을 파악하고 그에 적합한 과제를 부여하는 것이 중요하다.

사람도 그 특성이 각기 다르다. 그것을 일반적으로 개성이라고 부른다. 이렇듯 밭의 채소와 정원의 나무와 꽃 역시 각기 특성이 다르다. 어떤 나무는 물 빠짐이 좋은 곳에서 잘 자라지만 어떤 꽃은 음지에서 잘 자란다. 이렇게 각 개체가 가진 특성을 이해한다면 공존의 세

상을 만들어 갈 수 있을 것이다. 우리 사회를 구성하는 모든 것들의 특성을 이해하려고 노력하는 것은 '타자지향적'일 수 있다.

논문지도 준비를 마친 후, 해가 떨어지면서 더위가 걷혔다. 해야 할 과업 목록대로 정원에 있는 옥향 나무에 대한 전지작업을 하고, 밭둑에 황화 코스모스 모종을 옮겨 심는 일을 했다.

어제 양구에 펼쳐진 석양은 참 아름다웠다. 일과를 끝내고 자연의 아름다움을 볼 수 있는 이 장소, 이 시간이 참으로 좋다.

2022.07.17.

본향을 찾아서

교회를 좀 열심히 다니거나 주일 성가대에 서본 사람이라면 성가곡 '본향을 찾아서'를 대부분 알 것이다.

내가 이 성가곡을 처음 접한 것은 유학했던 베를린의 소망교회에서이다. 물론 당시에 교회 주일 예배에 출석했기 때문이고, 그 이전에 크리스천 아내를 만나 결혼했기 때문이었을 것이다. 그뿐만이 아니다. 힘든 유학 생활로 지친 영혼을 잠시나마 쉴 수 있는 곳이 한인교회였기에, 아니다, 좀 더 솔직히 말하면 1주일에 한 번 한국말로 인사하고 동포들을 만나는 즐거움, 또한 한국 음식을 맛볼 수 있는 것이 그 이유일 수도 있다.

30여 년 전의 유학 생활에 있어 아내가 성가대 반주를 하기에 끌려 교회에 출석한 것이 아니라 실제 나의 영혼이 빈곤해서였다. 여하튼 내 유학 생활에서 소망교회는 말 그대로 내게 소망을 주는 그런 곳이었다.

이 성가곡을 듣고 눈물을 펑펑 흘렸었다. 이 기억을 지금 내가 태어나고 자란 양구 용옥재에서 다시 상기한 이유는 바로 본향의 의미가 새삼스러웠기 때문이다. 1994년 유학을 떠날 때 조상의 묘가 있는 선산과 부모님께 인사를 드리기 위해 고향을 방문했다. 그때 어머니께서 선산의 황토를 한 줌 챙겨 "유학하면서 힘들고 지칠 때나 고향 생각나거나 한국 음식이 그리우면 이 흙냄새를 맡아보아라." 하셨다. 그러면서 시골에서는 '구리모'라고 불리는 화장품 속을 비우시고 거기에 정성스레 싸주셨다. 그 흙을 유학을 마칠 때까지 내 서재의 책상 위에 올려두고 어머니와 고향의 산천이 그리울 때 그 흙냄새를 맡았다.

그리스도에게 본향은 하나님이 사시는 하늘나라, 천국을 이르는 말이고, 그리스도인들은 본향을 향해 뚜벅뚜벅 걸어가는 나그네임을 증빙하려고 노력한다.

나는 고향이 본향이고, 어머니가 본향이라고 감히 말할 수 있다.

이 세상에 빛을 볼 수 있게 하시고 양육해주신 부모님은 살아계신 하나님이고, 부모님의 사랑을 통해 세상과 타자를 사랑하는 방법을 학습했다. 본향인 하늘나라에 하나님이 계신 곳이라면 고향은 부모님이 돌아가셨어도 살아 계신 곳이다. 이 세상의 본향인 부모를 공경하지 않는 사람이 어찌 저세상의 하나님 나라 본향에 갈 수 있을까?

내가 베를린 유학에서 힘들 때 고향에서 가져간 흙의 냄새를 맡고 내 고향으로 꼭 돌아오겠다는 결심을 했듯이, 우리 인생에서 수많은 절망의 길에서 하늘나라 본향을 향한다. 이렇듯 이 세상에 본향은 외부에 있는 것이 아니라 내 마음속에 존재한다.

나는 지금 본향에 있고, 또 본향을 위해 걷고 있다. 하느님이 계신 본향 저세상에 가기 전에 나는 이 세상에서 본향을 구현하고자 한

다. 그래서 공존과이음을 설립하고 더불어 살아가는 방법을 모색한다. 오늘도 즐겁다. 뜻을 같이하는 동지들과 본향을 향해 대오를 갖추고 걷고 있기 때문에 말이다. 2022.10.15.

밀레의 거름 치는 농부

이곳 양구의 3월 말은 밭에 거름을 치는 시기이다.

소양호보다 높은 고도에 있는 산촌이라 남한에서는 가장 벚꽃이 늦게 피는 지역이기도 하다. 남쪽에서 벚꽃이 질 때쯤 이곳 양구의 벚꽃은 꽃망울이 움튼다. 그러니 농사도 늦게 시작한다. 그런데도 흥미롭게도 가을 추수는 이르다. 그 이유는 서리가 내리는 시기가 빨라서 모든 작물을 늦게 심어도 실제 추수는 남쪽보다는 빠르다.

어머니로부터 상속받은 농업법인을 아내가 상속받아 운영하는데 아내보다는 내가 농사일을 좋아해서 일군을 한다. '자발적 농사꾼'인 셈이다. 주변에 돈을 받고 농사일을 하는 분들도 계신다. 이분들에게 일을 맡기느니보다는 직접 일한다. 그 이유는 노작 활동이 주는 힐링의 기쁨을 알기 때문이다. 땀 흘려 일하다 보면 그 일에 몰입되어 스트레스가 사라지고 육체적으로 건강하게 된다. 이것은 노작을 해본 사람만이 아는 기쁨이다.

구호단체이자 교육문화법인 공존과이음은 회원들의 회비와 기부금으로 운영된다. 여기에 아내의 농업법인에서 공동 노작을 통해

얻어낸 수확이 수익금으로 기여한다. 공존과이음은 독거 어르신 치매 예방을 위한 미술치료 프로그램뿐만 아니라 사회적 약자를 구호한다. 이와 더불어 다문화가족 학생을 돌보는 시민단체 활동을 한다. 지난 해에는 농업법인에서 수확한 메리골드 꽃차와 서리태 콩을 공존과이음 회원들에게 감사의 선물로 보냈다.

오늘은 온종일 거름 치기 작업을 했다. 일단 다년생 작물인 도라지밭, 약용작물인 구절초밭에 우선 거름을 쳤다. 이후 올해 다시 심을 메리골드 꽃밭에도 이랑을 만들기 전에 미리 거름을 뿌렸다. 거름의 원재료는 우사에서 나온 소 배설물에 왕겨를 섞어 1~2년 부패시킨 것이다. 그래서 거름작업을 할 때나 그 후에도 좋지 않은 냄새가 나는 편이다.

온종일 거름 치기를 하다 보면 옷에도 피부에도 이 냄새가 배어 난다. 거름 치기를 하면서 놀라운 사실을 발견했다. 소똥과 왕겨는 거름을 구성하는 훌륭한 콜라보이다. 소똥은 냄새나며 더러운 소의 생리적 분비물이다. 왕겨는 수확한 벼를 빻아 쌀로 도정한 후 나온 쌀의 껍질이다. 이렇게 쓸모없는 것들이 함께 만나 더할 나위 없는 작물의 영양가를 높여주는 거름이 된다. 이 얼마나 대단한 변화인가.

오늘 우리 공존과이음에서 주관하는 독거 어르신 심리정서 지원 사업에 참여한 봉사자 분이 내가 일하는 사진을 찍어서 "밀레의 작품처럼 멋지세요."라고 칭찬해 주었다. 밀레는 노르망디의 그레빌 아그(Gréville-Hague)에 있는 작은 마을 그뤼시(Gruchy)에서 태어났다. 아마 이곳 양구 정도의 읍에 속한 작은 마을인 것 같다. 그곳은 농업이 주된 삶이었던 지역이었기에 그는 어린 시절부터 농부들의 삶을 관찰하며 자라났다. 가톨릭 사제였던 삼촌의 도움으로 밀레는 라틴어와 근대의 문학 작가들에 대해 배웠다고 한다. 그래서 일찍부터 위인전 독서를 통해 감명받아 종교적인 장면의 데생을 즐겨 그렸다.

정말 밀레가 살아 계셔서 오늘 나의 거름 치는 작업을 보았다면 '거름 치는 농부'란 주제의 그림을 그리지 않았을까 상상해 본다.

2023.03.26.

식목일과 사과나무 다섯 그루

양구의 밤은 아직도 춥다.

4월 중순이 지났는데도 늦은 오후부터 이른 오전까지는 초겨울 옷을 챙겨 입어야 한다. 나는 어릴 적부터 추위를 많이 타는 편이다. 아마 초등학교 3학년 때 동네 연못에서 스케이트 타다가 낚시꾼이 뚫어놓은 얼음 구멍에 빠졌던 경험 때문인 것 같다. 그때 얼음에 갇히어 꼼짝없이 죽을 뻔했다. 그 이후로 겨울이면 몸이 차다. 아마 경험이 체화되어 나타난 것 같다. 그래서 나는 빨리 어른이 되어 추운 양구를 피하고자 마음먹은 적이 있다. 그런데 내가 지금 이곳 양구의 겨울을 견디어 내고 봄을 맞이하고 있다.

지난주 대추나무 식재에 이어 오늘 4월 5일 식목일을 맞이하여 사과나무 다섯 그루를 구입하였다. 사과나무를 구입한 이유는 제자인 최희 박사가 자원봉사 왔었을 때이다. 그가 내게 "사과나무가 꽃도 피고 사과도 달리고 하니 꽃도 보고, 사과도 따고… 이렇게 일거양득 아닌가요."라고 했다. 나는 그의 말에 따른 것이다. 사과나무를 구입한 동기는 그렇지만 사과나무를 심고 나니 "비록 내일 지구의 종말이 온

다 해도 오늘 한 그루의 사과나무를 심겠다."라는 말씀을 한 스피노자가 떠오른다.

이 말은 우리가 어떤 어려움에 처했을 때 자주 인용하는 문장이다. "그래, 내일 지구가 멸망한다고 하더라도, 내일 내가 죽는다고 하더라도, 나는 오늘 사과나무를 심을 거야."라고 하며 마음을 굳게 다진다.

그런데 '왜 스피노자는 다른 나무도 아니고 하필 사과나무일까?'라는 의문을 지닐 필요가 있다. 실제 사과나무를 심으면 사과를 수확하는 데 5년에서 10년 정도는 필요하다. 대부분 유실수는 결실 기간이 그렇게 된다. 그런데 나는 스피노자의 말 중에서 '사과나무'라는 단어, 즉 나무 종류에 주안점을 두느니 '사과나무를 심겠다'라는 식목 행위에 관심을 둔다. 그러면 스피노자의 해석에 수긍하게 된다.

왜 하필 나무를 심겠다는 것인가? 사람은 해야 할 일이 많다. 그런데 내일 지구의 종말이 온다고 하는데 하필이면 수확을 당장 할 수 없는 사과나무를 심겠다고 생각했을까? 아마 스피노자는 오래전부터 내일 사과나무를 심을 계획이 있었던 것 아니었을까? "이미 다 계획이 있었던 것" 아닐까? 그런데 계획했던 사과나무 심는 날이 되었는데 갑자기 그다음 날 지구의 종말이 온다고 한다. 하지만 그는 그다음 날 지구의 종말이 오든 말든 상관없이 자신은 계획대로 그날 사과나무를 심겠다고 한 것은 아닐까?

스피노자는 내일 지구의 종말이 온다고 해도 몇 년 후에 따먹을 수 있는 사과나무를 심겠다고 한 게 아니다. 그는 내일 지구의 종말이 온다고 해도 원래 계획대로 사과나무를 심겠다고 한 것이다. 결론적으로, "내일 지구가 멸망한다고 하더라도 나는 내 계획대로 살겠다." 라고 한 것이라고 본다.

내가 다섯 개의 사과나무를 심은 이유는 사단법인 공존과이음의 향후 계획이 다섯 가지이기 때문이다. '이주민실천가 숲레', '공존과이음연구소', '공존과이음도서관', '공존과이음포레스트', '공존과이음재단' 사업이다. 이 모든 사업이 우리 공존과이음 회원분들과 함께 이루어질 수 있을 것이다. 이번에 심은 사과나무가 내 키보다 훨씬 크고 5년 이상 된 것이라 내년 정도 사과가 열릴 수 있다. 이에 앞서 내년 이맘때 마을 어귀에 들어서면 하얀 목련꽃처럼 환한 사과나무의 흰 꽃들을 보았으면 좋겠다. 그리고 그 꽃들이 다섯 개의 사과나무 모두에게 만발하길 바란다.

2023.04.16.

호모 파베르와 부모님의 농사 도구

농사 일에서 도구는 정말 중요하다.

도구의 사용은 마치 지금의 컴퓨터 발명과 같은 대단한 혁신이었다고 본다.

지난해부터 시작한 농사일이 이제는 조금 숙달되어 도구 사용도 유연해졌다. 그런데 새로운 도구를 구입하여 사용하고 있지 않다. 내가 과학화된 기계 사용보다는 부모님이 사용했던 도구를 대물림하여 쓴다. 부모님이 땀 흘려 사용했었을 삽, 호미, 괭이, 낫 등을 지금 내가 사용하고 있다. 나는 땀을 흘리며 씨를 뿌리면서 부모님의 노력과 정성을 떠올린다.

아울러 인간의 도구 사용도 생각해 보았다. 인류학적으로 보면 인간이 도구를 사용할 수 있었던 것은 두 발로 걸어 다녔기 때문이다. 두 발로 걸어 다니면서 자유롭게 된 팔로 도구를 쓸 수 있게 되었다. 물론 원숭이나 유인원들도 도구를 사용한다. 하지만 인간과는 차이가 있다. 동물들이 사용하는 도구는 자연에서 얻은 그대로의 것이다. 이것으로 단단한 열매를 깨거나 나뭇가지를 자르는 정도의 간단한 활

동을 한다.

그러나 인간은 도구를 '의도적으로' 만들었다고 본다. 도구를 목적에 따라 알맞은 모양으로 만들어 사용한 것이다. 처음에는 모양만 바꾸다가 점차 자연에 있는 물질을 합쳐 새로운 물질을 만든 뒤 도구에 이용해 왔다. 필요한 물질만 가려내어 도구 재료로 쓰기도 했다. 청동기 시대에는 구리와 주석을 섞어 도구를 만들었다. 철기 시대에는 돌 속에 들어 있는 철 성분을 뽑아내 도구를 제작했다. 도구를 사용하면서 인간의 생활은 풍족해졌다. 필요한 물자를 더 쉽게, 더 많이 얻을 수 있었기 때문이다. 도구는 집을 짓거나 사나운 짐승을 물리치는 데 도움이 되는 '이기'로만 사용되지는 않았다. 불행히도 다른 집단의 사람들을 공격해 죽이거나 물건을 뺏는 전쟁의 수단, 즉 흉기 혹은 무기로도 사용하기도 했다.

농사일하면서 도구의 본성이 자연의 본성과 다름없음을 깊이 깨닫고 있다. 내가 주로 사용하는 도구는 삽, 괭이, 호미, 낫, 갈퀴, 톱, 리어카 등이다. 이 도구들은 농사의 일상에서 무엇보다 중요한 것들이다. 이들 도구는 모두 목적에 따라 적절하게 사용되고 있다. 김을 매고 잡초 제거에 호미가 적절하고, 나무를 심을 때 삽과 괭이가 요구된다.

그래서 요즘 호모 파베르(homo faber), 즉 '도구를 사용하는 사람'을 생각하고 있다. 도구는 분명 인간과 자연 간의 교감의 수단이며 공존의 증거이자 소통의 매개체임을 더욱 느끼게 된다. 인간과 자연의 공존에 있어서 없어선 안 될 도구, 부모님의 농사 도구를 통해 공존을 다시금 느껴 본다.

2023.04.17.

지금 농촌은 열일 중

농촌은 지금 가장 바쁜 농번기이다.

지난주에 이어 이번 주 내내 밭일과 정원 작업으로 시간을 보냈다.

만 1년이 지난 도라지밭과 구절초밭에 싹들이 올라오기 전에 키가 커져 버린 잡초들을 제거했다. 도라지와 구절초는 식용이기도 하지만 다년생으로 매해 꽃을 볼 수 있다는 장점이 있다. 그래서 공존과 이음의 정원에 선택되었다. 이렇게 잡초 제거와 아울러 옥수수 200개와 메리골드 300개를 모종을 사서 심었다.

밭의 물 빠짐이 좋아야 하기에 이랑을 만들어야 했다. 농기계센터에서 기계를 대여할 수 있는 데, 대기자가 많아서 그냥 수작업으로 3일간 고랑을 내는 노동을 했다. 막말로 '삽질'을 한 것이다.

6월이 되면 옥수수가 아이 키만큼 자랄 것이고, 메리골드 역시 꽃을 피우리라 생각한다. 지난해 날이 추워 정원의 꽃들이 지각 개화를 하고 있다. 그렇지만 이미 튤립이 삐죽 땅을 뚫고 올라와 꽃을 피웠고, 생명력이 강한 꽃잔디들이 피기 시작했다. 영산홍과 산철쭉꽃의 색이 바래지고 매화나무는 이미 꽃을 떨구고 새파란 잎들이 올라

왔다. 그리고 사계국화, 별꽃, 물망초, 오공국화, 왜성 백일홍 등이 꽃을 피우고 있다. 작년에 심은 작약도 꽃을 피울 기세이다.

요즘 조석으로 정원에 물 주고 잡초 제거하는 것이 일과 중 중요한 일이 되었다. 내가 정원 일을 하기 전에는 아름다운 꽃은 그냥 존재하는 것으로만 알았다. 그런데 그 꽃들이 피기까지 거름 주고 물도 주고 포기 나누기 등도 하고, 이렇게 꽃을 돌보는 그 누군가의 보살핌과 노력이 있었기 때문이 아닐까?

이렇게 농촌은 온통 삶의 교과서라고 생각한다. 이번 주 내내 밭일과 정원 일을 하면서 자연이 주는 교훈에 감사하고 있다.

2023.05.06.

함께 꿈을 그리다

어제저녁 강원도 양구 가족센터에서는 특별한 행사가 있었다. 한 달에 한 번 하는 리틀 박수근 프로젝트 일환으로서 양구 어린이들을 위한 "아트 앤 스토리텔링 클래스(Art & Storytelling Class)"가 그것이다.

공존과이음의 '공존 작가' 1호인 강석태 화백(예술학 박사)이 양구의 학동들을 위한 그림을 가르치고 있다. 단순한 그리기 레슨이 아니라 상상력을 이야기와 그림으로 표현하는 수련 과정이라고 할 수 있다.

여기에 나도 학동들 사이에 끼어 지난번에 마무리 못 한 그림을 그렸다. 내 그림에는 공활한 가을 하늘에 구름 세 점 그리고 어머니가 심었던 단풍나무 두 그루가 서 있다. 그 사이에 내가 꿈꾸는 작은 도서관과 갤러리가 위치한다.

이 그림은 내년에부터 시작될 공존과이음의 '씨앗센터(가칭)'를 미리 그려 본 것이다. 학동들 사이에서 그림을 그리고 있으니 나도 꿈 많은 소년 시절로 돌아간 것 같다. 아크릴물감을 팔레트에 섞어 원하는 색채를 만들어 캔버스에 칠한다. 그러면서 내 꿈을 그리는 내가 스

스로 행복함 속에 있음을 느끼는 시간이었다.

내가 연구자로서의 꿈은 이루었지만, 아직 남아 있는 꿈, 내 과거의 꿈을 고향의 어린이들도 똑같이 꿀 수 있는 공간을 만드는 일이다. 그 꿈이 내 그림 속에 있다.

내가 그린 그림이 현실로 이루어지길 바라는 밤이다.

2023.11.12.

크리스마스트리 만들기

12월에 우리 가족들이 하는 일 중 하나가 크리스마스트리를 만드는 일이다.

사실 내 아내는 모태신앙인 기독교인에다가 종교음악을 전공한 피아노 연주자이다. 그런데 나는 유교론자이다. 어떻게 만났느냐 궁금해하실 수 있다. 답은 집안 어르신의 중매로 인해서다. 사실 많은 분이 또 묻는다. 크리스천과 사는데 종교적인 갈등은 없는지? 이에 대한 대답은 그냥 상대의 다양성을 존중하는 것이라고 답한다.

가장 큰 문제가 우리 집안의 조상 제사 준비인데, 우리 가정은 별 무리 없이 유교적 행사가 진행된다. 그 이유 중 하나가 나도 부활절과 성탄절에 교회에 나가기 때문이다. 아울러 12월 한 달 내내 성탄절 트리와 장식을 만드는 일에 적극 협조한다.

2년 전부터 양구에 내려오면서는 직접 정원의 나무에 트리와 장식물을 달고 태양광 전등을 설치한다. 마침 둘째 아이가 양구에 내려와서 오늘 오후 반나절 내내 크리스마스트리와 장식물을 설치했다. 사실 성탄절 트리를 할 때면 독일 유학 시절이 생각난다. 베를린 시내의 각 가정의 창문에 설치된 성탄절 장식, '바이나흐텐 마르크트'(성탄절 시장) 등 추운 겨울 학업으로 힘들었지만 온화한 빛들로 행복했던 시절을 추억한다.

그런데 정작 우리는 언제부터 크리스마스트리를 했는지 알지 못한다. 나는 크리스마스트리는 독일 문화권에서 일어난 것으로 알고 있다. 사실 독일에서 어학원 다닐 때 독일 문화 강사 선생님에게서 들은 것이다. 독일 각지에서는 옛날부터 동지나 신년에 생명력의 상징인 상록수의 가지를 창이나 천장에 장식하는 풍습이 있었다. 또한 트리에 장식된 음식물이나 등에도 풍요의 기원이나 악마 방지의 의미가 있다고 한다. 즉, 그리스도교와 게르만 고대의 신년이나 수확제 행사가 결부되어서 탄생한 것이다.

성탄절은 예수 그리스도의 탄생일을 기념하는 날이다. 기독교사에서 12월 25일이 성탄절로 지켜진 것은 상당히 오래된 전통이다. 이러한 사실은 독일의 한 역사학자 모므젠(Mommsen, 1817-1903)이 발견한 4세기 중엽 로마 역사가의 기록에서도 확인된다. 이 자료에는 "가이사와 바우러스의 임기 중 서기 1년 12월 25일 금요일, 신월(新月)로 15일째 되는 날 예수 그리스도가 탄생하였다."라고 기록되어 있다.

초대 교회 교인들은 로마의 박해로 인하여 성탄절을 잘 지키지 못하다가 A.D. 313년 기독교가 공인되자 이를 기념일로 지키게 되었다. 그러나 이때는 그리스도의 탄생의 정확한 일시를 알 수 없게 되어 로마에서 이미 지켜지던 민속적 축일 즉, 태양신을 경배하는 이교도들의 축제일을 성탄절로 대체하였다고 한다. 흥미로운 것은 현재 개신교와 천주교에서는 12월 25일을, 정교에서는 1월 6일을, 아르메니

아 교회에서는 1월 19일을 성탄절로 지킨다고 한다.

나는 성탄절 시즌일 때면 왜 우리는 사후천국을 생각하는지? 왜 삶의 이생에서 이웃과 더불어 천국을 만들지 못하는지를 늘 고민한다. 왜 교회는 예수 탄생의 의미를 우리 사회에 실천하지 못하는지를 묻고 싶다. 저 크리스마스트리의 밝고 따듯한 빛처럼 사회적 약자를 교회와 기독교인들이 보살피면 안 될까? 그리스도의 정신이 그리운 시기이다.

크리스마스트리와 장식물을 설치하고 야간 사진을 찍었다. 사실 산촌에는 밤이면 무척 어둡다. 우리 집의 밝은 불로 12월 내내 우리 동네가 밝고 따듯해질 것 같다. 지나가는 동네분들이 가끔 전기세가 걱정되지 않느냐 묻는다. 그럼 "태양광 전등이라 햇빛이 있으면 언제든지 축전지로 작동된다."라고 답한다. 우리 모두 누군가에게 밝은 빛을 선사해 보도록 하자. 미리 메리 크리스마스! 2023.12.20.

공존과이음

위대한 유산, 내 고향 양구

유업, 유산, 유서, 유언은 불가분의 관계일까?

유업은 선대(先代)로부터 물려받은 사업이다. 이를테면, "이 일은 우리 가문 대대로 내려오는 유업이다." 혹은 "저는 돌아가신 아버님의 유업을 계승하여 더욱더 발전시키고 싶습니다."라고 표현한다. 한편 유산은 넓게는 선조가 남긴 가치 있는 물질적, 정신적 전통을 뜻하고, 좁게는 죽은 사람이 남기고 간 재물을 말한다. 전자의 경우 "조선의 민화는 훌륭한 민족 문화의 유산으로 남았다." "유네스코는 인류 공동의 유산을 찾아서 보존하는 업무를 한다."라는 맥락에서 사용된다. 후자의 경우는 우리가 일상에서 흔히 접하는 "부친의 유산을 상속하다." 등에서 나타나는 유산의 의미이다.

유서는 이와 같은 유업과 유산에 관해 후자의 의미를 기록한 공식적, 비공식적 문서를 의미한다. 만약 구두로 했다면 그것은 유언이 된다. 유업, 유산, 유서, 유언 이 네 개의 단어들은 '남긴다'라는 개념을 공유하고 있다. 그런데 남긴다는 말은 그리 단순하지 않다. 무엇보다 인간이 죽음이라는 최후의 통과의례를 맞이하면서 후세들에게 무엇인가를 남긴다는 것은 거룩한 가치가 있다. 물론 혹자는 남기는 것을 물질적인 차원으로 좁혀 볼 수 있다. 그렇지 않다. 물질 속에는 이미 정신적이고 관념적인 그 무엇인가를 포함하고 있다. 생을 마감하면서 인간이 단지 물질만 남겼겠는가? 물러가는 사람, 이생을 달리하는 사람, 누구든지 후세를 위한 '이음'의 바람을 갖고 있었으리라 짐작한다.

나는 지금 양구에 있다. 내가 지금 여기에 존재하는 이유는 무엇인가?

나는 감히 선조로부터의 유업을 실천하기 위함이 아닐까 생각한다. 내 조부는 지금 내가 사는 양구군 박수근로 85번길(양구군 양구읍 이리)에서 작은 공회당을 열어 학동들을 가르쳤다. 내 아버지는 춘천에 사시다가 조부가 돌아가시자 이 땅에 들어와 평생 농업에 종사하셨다.

지금 나는 그들이 있는 장소에 있다. 나는 고향 양구를 유산으로 받았고, 이곳에서 그들이 하시던 일을 유업으로 받았다. 그들은 내게 유서나 유언을 남기지 않았지만 나도 그들처럼 고향으로 환향하여 여기서 시를 쓰고 논문을 적고 공존을 실천한다.

내 고향 양구는 고구려시대에 요은홀차(要隱忽次)라 하였다. 신라 제35대 경덕왕 16년(757)에 양록군(楊麓郡)으로 고쳤고, 고려 시대에는 양구현(楊溝縣)으로 고쳐 춘주(春州), 지금의 춘천에 예속되었다. 그 후 다시 양구(楊口)로 고치고 조선 태조 13년(1404)에 현감(縣監)을 두게 되었다. 고종 32년 을미년(乙未年) 1895년 '지방제도개정건(地方制度改正件)'에 의하여 전국이 23부로 개편되었다. 이때 강원도 춘천부 양구군이 되어 군내면, 상동면, 하동면, 서면, 남면, 북면, 방산면, 해안면, 수입면 등 9개 면을 담당하였다.

그 후 융희(隆熙) 2년(1908)에는 화천군에 병합되었다가 곧 복구되어 1914년 3월 1일 지방 행정구역 개편에 따라 서면을 군내면에 포함했다. 또한 남면과 하동면을 합하는 동시에 춘천군 북산 외면 수산리 일부를 병합하여 남면으로, 상동면을 동면으로 고치고 그 외 나머지 면(북면, 방산면, 해안면, 수입면)을 그대로 두어 7개 면 85개 리로 개편하였다. 그 후 1917년 군내면을 양구면으로 개칭하였다.

1940년 화천댐 건설로 북면 일부가 수몰됨에 따라 1941년 북면을 폐면 하여 양구면과 방산면에 각각 분할 편입시켰고, 1945년에 38도선이 생김에 따라 남면 일부를 제외하고 전 지역이 공산 치하에 강점되었다. 6·25 한국전쟁 후 수복되어 1954년 3월부터 군정을 펴오다가 동년 11월 17일 민간정부에 이양과 동시 수입면은 완충지대가 되었고, 해안면은 인제군으로 편입되었다.

그 후 1973년 7월 1일 행정구역 개편으로 해안지역이 다시 양구군 동면으로 편입되면서 해안출장소가 되었고 1979년 5월 1일 양구면의 읍 승격으로 양구읍, 남면, 동면, 방산면의 4개 읍면을 이루었으며 1983년 2월 15일 해안출장소가 해안면으로 승격됨으로써 5개 읍면 76개 리를 관할하고 있다. 이후 행정구역 개편은 없었으나 2021년 1월 1일부로 남면이 '국토정중앙면'으로 명칭이 변경되어 명실공히 국토정중앙 지점을 갖게 된 지방자치단체가 되었다.

주목할 것은 양구의 역사에 있어 한국전쟁 이전에는 공산 치하에 있었고 한국전쟁 후 수복지역이었다는 점이다. 그러므로 이곳의

90세 이상의 어르신들은 아직 광복과 수복의 기억을 가지고 계신다. 그래서 내 고향 양구는 병풍처럼 펼쳐져 있는 산들의 수만큼 이야기도 가지가지 많고 다양하다.

내가 지금 이곳에서 그들의 이야기를 듣는다. 고향의 소리를 듣는다.

나는 지금 내게 주어진 유산을 찾고, 유업을 행하는 중이다.

2023.12.21.

배꼽마을 양구에 온 나희덕 시인

공존과이음에서는 후원 회원들을 위한 공존 On Talk의 행사를 1년에 두어 차례 가진다. 이번 5회 토크에는 대산문학상, 백석문학상, 현대문학상 등을 수상하며 한국 시단의 큰 기둥으로 우뚝 선 나희덕 시인을 모셨다.

나 시인은 시에 대한 철학과 그간의 관심사를 촘촘하게 엮어 시론집 『문명의 바깥으로』를 펴냈다. 이번 토크는 이 시론집을 대상으로 평론가인 인하대 최현식 교수와 대담을 진행하는 것을 내용으로 한다. 그리고 이후 시간에 회원분들과 이야기를 나누는 시간을 가졌다. 단순한 토크가 아닌 줌 비대면 화상 웨비나를 통한 공존과이음 회원들과의 만남인 셈이다.

지난해 이맘때도 제1회 공존 On Talk를 시집 '가능주의자'를 대상으로 해주셨다. 나 시인님을 우리 공존과이음에서 초청한 이유는 무엇보다 그녀의 시가 공존 사유를 표방하기 때문이다. 나 시인은 1989년 등단 이래 쉼 없이 시적 주제를 생명 · 생태 · 환경 등으로 삼고 있다. 특히 이상기후와 팬데믹의 시대에 사는 지금 독자에게 『문명의

바깥으로』라는 시를 통해 미래를 상상하게 한다. 이 점에서 우리에게 큰 울림으로 다가온다. 저자는 끝까지 시의 가능성을 포기하지 않으며, 세계의 어둠을 밝히며 시가 열어젖히는 새로운 지평을 제시한다.

강의가 저녁 7시였기에 오후 3시 정도 나 시인께서 최현식 평론가와 함께 도착하시어 양구 박수근 미술관을 관람하였다. 마침 박수근 회고 특별전인 〈나무 아래서〉가 전시 중이라 박수근 화백의 출생에서 작고에 이르기까지 미술 생애사를 한눈으로 볼 수 있었다. 무엇보다 박수근의 작품 세계가 고향 양구의 자연과 정경을 그려내고 있다는 점을 공감할 수 있었다.

늦은 가을비로 인해서 박수근 미술관의 모든 전시관을 꼼꼼하게 보질 못했다. 아쉬움이 있었지만, 우리 법인이 진행하는 리틀 박수근 프로젝트의 스토리텔링 클래스에서 재능기부를 해주신다는 약속을 했다. 그럼으로써 또 한 번의 양구 방문을 해주신다고 했다. 그

때 좀 더 박수근의 미술 세계로 함께 여행할 수 있을 거라는 생각을 해 본다.

공존 On Talk에서 나희덕 시인님의 말씀은 나도 우리 공존과이음의 모든 회원분도 가슴속에 따듯한 울림이 되었다. 모처럼 행복한 시간을 만들어 주신 나 시인님께 감사함을 전한다. 2023.11.12.

백담사 가는 길에 만난 박철암 교수님

"미지의 세계를 꿈꾸라. 그리고 도전하라."

양구, 인제, 화천은 한 시간권에 왕래할 수 있는 산촌 지자체 도시이다. 특히 인제는 동해 방향인 고성, 양양 혹은 속초행을 할 때면 경유하게 되는 곳이다. 지난여름에 양구 선배님 가족과 속초에 왕래길에 용대리에 들러 더덕 정식으로 저녁을 한 적이 있다. 그때 식사를 한 후 근처를 산책하다가 들렀던 박철암기념관, 당시 그곳에 경희대 등산부 OB팀이 워크숍 중이어서 '참'산악인 박철암에 대한 설명을 듣게 되었다.

오늘 오후 백담사를 가는 길에 다시 박철암기념관(https://parkchulam.imweb.me)을 들르게 되었다. 그런데 마침 그분의 따님이자 박철암기념관 관장이신 박명애 선생님을 만나게 되어 기념관에 대한 자세한 설명을 들었다. 먼저 10분 정도 기록영상물을 보았다. 어린 시절의 호기심 많은 행동은 그의 도전의 토대였음을 이해할 수 있었다.

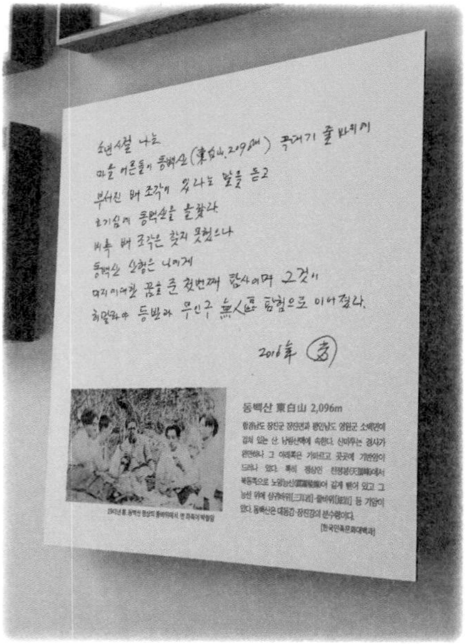

"소년 시절 나는 동백산 2,096m 정상부에 있는 줄바위에 부서진 뱃조각이 있다는 마을 어른들의 말을 듣고 호기심에 산을 올랐다. 비록 뱃조각은 찾지 못했으나 그것이 동기가 되어 히말라야 원정과 티베트 무인구 탐험으로 이어졌다."

《세계의 지붕 TIBET 꽃과 풍물》, 서문 중

그뿐만이 아니다. 경희대 중문과 교수로 있었음에도 히말라야, 티베트 등 등산에 대한 열정은 대단하였다. 그의 등반사는 1962년 히말라야 다울라기리 2봉 원정대장, 1965년 옥산(玉山) 원정대장, 1967년 일본 북알프스 원정대장을 하였다. 아울러 탐험가로도 활동하였다. 1983년 오지 산악탐사에 돌입하기 시작하여, 에베레스트가 있는 쿰부히말(1984), 다울라기리와 안나푸르나 사이의 칼리간다키강을 거슬러 오른 조송지역(1986), 랑탕히말(1987), 안나푸르나 북측의 성지 묵티나트(1988), 시킴과 부탄 히말라야(1989)를 탐사했다.

1988년 3월 박철암은 한국히말라얀클럽을 창단하며 오지 탐사에 열중하였다. 1993년 천고의 신비를 간직한 히말라야 오지의 비경과 그곳에 살아가는 사람들을 담은 사진집 《비경祕境 Himalaya Bhutan Tibet, 세진사》을 발간했다.

정말 대단한 것은 그가 지닌 자연에 대한 호기심과 사랑이다. 1990년 히말라야산맥을 넘어 티베트로 들어간 박철암은 양 떼를 몰고 가며 꽃 피리를 불고 오는 한 유목민 소녀를 만나게 되었다. 그 소녀에게 꽃의 이름을 물었더니 '파파화(巴巴花)'라고 했다고 한다. 박철암은 그 광경에 매료되어 이때부터 2011년까지 티베트 오지탐사와 함께 식물탐사를 병행하며 티베트 권역의 희귀한 500여 종의 꽃들과 식물들을 수집한 후 연구보고서를 작성하였다.

그리고 1994년 한국티베트연구소를 창립해 탐험과 함께 학문적 연구도 병행하게 된다. 1998년 《세계의 지붕 TIBET 꽃과 풍물, 도서출판 삶과 꿈》, 2015년 《세계의 지붕 티베트: 제2집 꽃과 풍물》(경희대학교출판문화원)을 출간한다.

오늘 나는 대단하고 비범한 한 인물을 만나게 되었다. 그가 남긴 "미지의 세계를 꿈꾸라. 그리고 도전하라."라는 말이 머릿속에 남아 있다. 무엇보다 부친의 생전 활동을 기념관으로 꾸리고 후학들에게 이를 전하는 박명애 관장님의 아름다운 마음도 오래 기억될 것이다.

여러분, 설악산이나 속초, 양양, 고성 등을 오실 때 꼭 이곳에 들러 박철암을 만나시기 바란다. 기념관을 돌아보면 한편의 위인전을 읽었다는 감동을 느낄 수 있을 것이다. 2023.12.02.

2부

경천애인 敬天愛人

자연과 함께 이웃과 더불어

브리꼴레르의 삶을 살다

나의 손이 나무처럼 서서히 성장하고 있다. 손이 커지고 있다는 말이다.

원래 내 손은 늘 독서와 글쓰기를 하다 보니 투박하지 않고 굳은살도 없는 손이었다. 이곳 고향 양구에 내려와 4도 3촌(4일은 도시, 3일은 농촌)을 하면서, 밭을 매고 농작물을 가꾸면서 손이 투박해질 뿐만 아니라 커지고 있다.

그런 내 손을 보고 있노라면 갑자기 '브리꼴레르'가 연상된다. '브리꼴레르'는 사회과학 영역의 질적연구에서 필수적으로 이해해야 할 개념이다. 이 개념은 나의 박사 지도교수의 지도교수셨던 프랑스 구조주의 인류학 창시자 클로드 레비-스트로스가 제시하였다. 브리꼴레르는 그의 저서 《야생의 사고(The Savage Mind)》에서 사용한 용어 '브리콜라주'와 관련되어 있다. '브리콜라주'는 원래 프랑스어로 '여러 가지 일에 손대기' 또는 '수리'라는 사전적 의미를 지녔다.

내가 양구 생활을 통해 이 토속적인 개념을 생활에서 경험하고 있다. 우선 명사 브리콜라주는 브리콜레(bricoler)라는 동사에서 파생

되었다. 브리콜레는 고어로서 공놀이, 구슬 놀이, 사냥, 승마술에 사용되었다고 한다. 항상 공이 튕겨서 돌아온다든가, 개가 길을 잃는다든가, 말이 장애물을 피하려고 직선에서 벗어나는 등의 우발적인 움직임을 가리킨다.

레비-스트로스는 마르셀 모스의 작업에 영향을 받아 문화 체계를 연구하였다. 문화를 구성하는 요소의 구조적 관계에 초점을 맞추어 문화 체계를 분석하고자 했다. 그럼으로써 문화연구의 새로운 방법을 제시했다. 특히 그는 원시 부족사회의 문화에 큰 관심을 가지고 '브리꼴레르'의 역할을 규명하고자 했다.

지금 여기 양구에서 레비-스트로스의 손자뻘 되는 제자는 브리꼴레르 개념을 농촌 생활에서 경험하고 있다. 부족사회의 문화 담당자인 브리꼴레르는 넓은 범위에 걸쳐 다양한 일을 능숙하게 수행하나 한정된 자료와 용구를 가지고 작업해야 하는 한계를 지녔다고 볼 수 있다.

브리콜라주는 자원이 한정되고, 나에게 꼭 필요한 것이 없을 때 기존의 것들을 활용해야 하는 절박한 상황과 관련되어 있다. 이런 맥락에서 기존의 것을 새롭게 보고 다르게 활용하는 창의성이 필요하다.

중요한 것은 브리콜라주 방법이다. 브리콜라주를 쉽게 이해하면 바로 '조합'이다. 각각의 성질과 특성이 다른 어떤 것을 서로 결합할 것인가, 무엇을 무엇과 어떻게 연결할 것인가 하는 것이 브리콜라주의 핵심이다. 여기서 주어지는 것들은 기존의 체계가 제공하는 개념들이다. 브리콜라주란 이미 항간에 등장해 있는 개념들을 선택하고 연결하는 일이며, 작업 공간에서 작업하고 남은 것들, 활용하고 남은 것들을 조합한다. 이런 방식은 원시인들의 사고방식과 닮아 있다. 그들 또한 자신들이 경험한 지식의 한도 내에서 조합을 통해 사유할 수밖에 없다.

원시인들이 세계를 이해하기 위해 활용하는 기본적인 방식이 바로 '이항대립'이다. 우리는 쉽게 남자와 여자, 낮과 밤이라는 이항대립을 설정할 수 있다. 남자와 낮을 연결할 수도 있고, 남자와 밤을 연결할 가능성도 있다. 이렇게 두 개의 이항대립으로 네 개의 조합이 구성될 수 있다.

여기에 다른 개념 '슬픔'이 추가되면 '밤을 좋아하는 남자의 슬픔'이라는 식의 다양한 조합이 만들어진다. 이렇게 수많은 이항대립의 연결과 조합이 원시인들의 지적 활동에 내재한 구조이다. 이것이 바로 브리콜라주의 방식이다. 개념을 대립시켜 새로운 조합을 구성하거나 새롭게 분류한다. 이렇게 함으로써 이전과는 다른 새로운 의미가 창조될 수 있다. 그런데 의미를 만들어 내기 위해 왜 지속적인 연결을 반복하느냐는 의문이 생길 수 있다. 레비-스트로스에 의하면 그것은 인간이 지닌 본질적인 저항성, 즉 '무의미함에 대한 반기'이다. 인간은 무의미함, 무질서함을 견딜 수 없다는 것이다. 그래서 지속적으로 무질서한 세계의 사물과 대상에 이름을 부여한다. 이런 가운데 분류하고 조합하는 과정을 거치는데, 이는 곧 세상의 질서를 탐색하기 위함이다. 원시인이나 문명인이나 이러한 인간의 정신작용은 차이가 없으며, 세상의 무질서함을 견딜 수 없어 하는 분류의 본성이 숨겨져 있다. 이것은 인간의 전통이나 관습, 문화에 깊이 새겨진 일종의 무의식적 구조로 작용한다. 그래서 레비-스트로스는 '어떠한 분류도

무질서보다는 낫다'고 말한다.

브리콜라주는 분류와 조합이라는 인간의 정신작용에 기초하지만 결국 인간의 감각기관으로 표출되어야 한다. 이를테면 일상생활에서 무엇을 분류하는 것은 손의 작용으로 확대되어야 한다. 손으로의 확장은 단지 생존 수단으로서 도구를 넘어 심미적 기능을 수행하고 나아가 창조적 의미를 지닌다. 난생처음 손이 커지는 과정을 통해 학문적 개념 '브리꼴레르'를 일상생활에서 경험하고 있다. 2022.07.13.

고소함은 달콤함이다

우리는 신혼부부를 만났을 때, 혹은 사이가 좋은 부부를 만났을 때 "고소한 들기름 냄새가 난다." "혹은 깨밭에 갔다 왔냐."는 등의 언어적 표현을 한다. 이는 서양의 '스위트'와 같은 뉘앙스, 즉 달콤함에 비견된다. 우리는 들기름 냄새가 고소하지만, 이는 달콤함의 분위기를 나타낸 것이다.

정말이지 거뭇거뭇하게 여문 들깨밭에는 고소한 들기름 냄새가 만연하다. 대부분 들깨는 품종과 지역에 따라 수확 시기의 차이가 있다. 그러나 주로 10월에 수확하게 된다. 푸르던 들깻잎과 꼬투리가 누렇게 물들면 수확 시기가 다가오고 있음을 알게 된다. 특히 들깨 꼬투리 속을 들여다봤을 때 검게 익은 들깨 알이 보이면 수확의 적기라 볼 수 있다.

들깨를 수확할 때 주의할 점이 있다. 이른 아침 이슬이 좀 있을 때 들깨를 베어야 깨 알맹이가 떨어지지 않는다. 이렇게 지난주 들깨를 낫으로 베어 밭에 즐비하게 놓아두었다. 오래 놔두면 새들이 들깨 알맹이를 모이 삼아 먹게 되어 정작 우리는 고소함을 맛볼 수 없다.

들깨를 베고 일주일에서 열흘 정도가 깨 타작에 적당한 기간이라고 한다. 대부분 농업에 대한 지식은 동네 사는 농부 선배님들의 말씀이다.

오늘 우리 집 들깨가 이런 기준에 도달했다고 판단해서 들깨를 털었다. 넓게 천막 재질로 바닥을 깔고 깨를 조심스럽게 운반하여 깨의 하부 부분을 잡고 털거나 혹은 막대기로 깨의 앞부분을 두들긴다. 예전에는 '도리깨'라는 수확용 농구로 털었다고 한다. 깨를 턴 후 깨 알갱이만 통과할 수 있는 채라는 도구로 거른다. 이후 깨에 묻은 혹은 혼합된 불순물을 제거하기 위해 키질을 하게 되는데 요즘은 선풍기를 사용하곤 한다.

깨를 털었던 천막을 넓게 펴서 말리게 된다. 이때 동네에 사는 새들이 고소한 냄새를 맡고 엄청나게 몰려오곤 한다. 그래서 사람이 파수꾼을 서야 하는데 나는 고양이를 동원했다. 고양이 밥통을 들깨를 널어놓은 곳 근처에 두면 고양이가 그 주변에서 노닐게 된다. 그러면 새들이 주춤해하면서 들깨 넣어 놓은 곳으로 몰려들지 않는다. 파수를 고양이가 대신 봐주니 그 시간에 그늘에 앉아 독서를 하였다.

이제 곧 고소한 들기름을 맛보게 된다. 올해 내가 수확한 들깨는 아마 달콤할 것이다. 인내는 쓰지만, 결과는 달콤하니까 말이다.

2022.10.16.

사과만 한 대추 속의 그리움

내 고향이자 현 거주지인 양구의 가을은 대추와 밤이 한창이다.

현재 용옥재 신축 건물이 들어오기 전, 구가옥 뒤뜰에 할아버지가 심었던 대추나무가 있다. 가을쯤이면 주렁주렁 대추들이 너울거리던 기억이 떠오른다.

그런데 지난해 건물을 신축하면서 대추나무를 없앨 수밖에 없었다. 대추나무가 있는 자리까지 건축해야 했기 때문이다. 올가을 들어서면서 대추 맛이 마침 그리웠는데, 옆 마을 학조리 사는 후배가 대추를 한 상자 가득 선사해 주었다.

이 후배는 중학교와 고등학교 시절 육상을 하다가 특기생으로 대학을 갔었다. 대학을 졸업한 후 고향에 귀농하여 영농후계자가 되었다. 이 후배는 벼농사와 하우스 농사를 주로 한다. 특히 양구의 특산물 멜론을 생산한다. 그리고 읍내에서 유통업도 겸하고 있다.

특히 이번에 가져온 대추는 하우스에서 재배한 대추이다. 이제 집채만 한 하우스에서 대추나무를 심고 길러 거기서 주먹만 한 대추를 만들어 낸다. 이 대추는 사과와 접을 붙여서 '사과대추'라고 부른다. 맛

은 대추 맛인데 크기는 작은 사과 정도 이며, 과질은 사과와 같다.

내 생전 이렇게 맛있는 대추 맛을 보지 못했다.

맛있는 음식은 소문내야 모두 함께 진미의 세계로 초대되듯, 맛있는 과일 역시 홍보해야 한다는 생각으로 페이스북에 사과대추 구입에 필요한 명함을 첨부하였다. 미리 후배에게 이야기해두었다. 내 소개를 받고 전화로 문의하면 맛있는 대추를 합리적 가격으로 보내드리라고 말이다. 그래서 몇몇 지인분들이 사과대추를 주문했고 나와 똑같은 맛의 경험을 나누었다.

향후 공존과이음 법인이 회원분들께 청정 양구에서 재배한 농작물과 과일 등을 직거래 중계하는 일도 해보면 좋겠단 생각을 해 본다.

이런 방식이라면 소비자는 바로 생산한 싱싱한 농산물을 받을 수 있고, 생산자 농민은 소비자와 직접 연계하여 유통 수수료가 생략되어 직접 수익이 발생할 장점이 있다.

후배 덕분에 모처럼 대추 맛을 맛본 가을 저녁이 저물어 간다. 후배가 가져다준 사과대추로 인해 새록새록 할아버지의 대추나무가 생각난다.

2022.10.17.

꽃이 머물다 간 자리

모든 산촌이 그렇겠지만 내 거주지인 양구의 초겨울 저녁은 5시면 어둑해진다.

이태원 참사로 인한 희생자들에 대한 무례하고 무책임으로 일관하는 공직자들을 생각하면 끝없는 분노가 일어난다. 이런 가운데서 정부를 비판하는 글 정도나 페이스북에 올리는 나를 생각한다.

촛불 행진 참여와 지지 등 아무런 도움을 줄 수 없는 지식인의 미약함과 미안함으로 이중의 고통을 겪고 있다. 세상을 바람직하게 바라보는 지식인들 모두 나 같은 생각이리라. 그래서인지 요즘 내내 속이 더부룩하고 소화가 되질 않았다.

그래서 2주일 정도 양구일지를 올리지 못했다. 그냥 추수를 마친 들녘에서 묵묵히 내년 농사를 위한 작업만을 했다. 인간을 가볍게 여기는 그들에 대해 심판한다는 정의감보다는 두려움이 앞선다고 할까? 독재로부터 어떻게 쟁취한 민주주의임에도 불구하고 다시 그 당시로 회귀하려는 무리로 인해 내 감성은 메말라 버렸고, 이성은 속상함으로 타버렸다. 우리 집 꽃밭에 서리를 맞아 피지도 못하고 덩그러니 남은 꽃처럼 말이다.

토요일 오전에 학교 입시업무와 오후에 연세대에서 열린 한국언어문화교육학회 학술대회를 잠시 참여 후 저녁에 내려왔다. 다른 주간에는 월요일 오전에 올라가 목요일 오후까지 강의하고 그날 저녁에 오는데, 이번 주는 학회가 있어서 주말까지 인천에 있었다. 그리고 어제와 오늘 양구 집에서 봄에 쓸 두엄을 만들기 위한 퇴비장 공사를 했다. 말이 공사지 그냥 막노동 수준이다. 땅을 파고 그간 밭에 널어놓았던 배춧잎, 열무잎, 깨를 털고 버려진 깻단, 옥수수 단 등을 주워 모아 그곳에 넣고 물을 약간 뿌려 주는 작업을 진행했다.

퇴비장에서 겨울과 봄 내내 발효되어 퇴비가 되면 아주 좋은 자연산 거름을 내어 줄 것이다. 이렇게 자연은 노력을 통해 기대하는 바를 어느 정도 얻게 한다. 그런데 인간이 만들어 내는 사회문화 현상은 그렇지 못하다. 80년대 독재 타도와 민주화의 외침과 희생으로 우리 민주주의가 성숙했는데 이제 그 시절로 다시 돌아가려는 조짐이 있으니 말이다.

자연은 모든 것을 인간에게 준다. 노력하는 인간에게 보답한다. 곡식과 과일을 내어주고 그 몸 역시 다시 자연으로 돌아가 거름이 된다. 자연은 어머니처럼 위대한 것 같다. 특히 꽃이 머물다 간 자리를 보면서 만감이 교차한다. 여름에서 가을까지 수많은 꽃잎을 맺고 그 꽃잎으로 차를 내어주는 메리골드 꽃들을 보면서 자연으로부터 주는 교훈을 크게 깨닫는다. 아무 말 없이, 어떤 조건도 없이 내어주는 자연의 환대를 보면서 '무조건적 환대'를 상기해 본다.

"확실히 무조건적 환대로 삶을 영위한다는 건 실천적으로 불가능합니다. 어떤 식이건 정의상, 우리가 무조건적 환대를 조직할 수는 없습니다. 일어나는 일은 일어나며(도착하는 자는 도착하며), 결국 이것만이 사건이라는 이름에 걸맞은 유일한 사건입니다. 또한 이 순수 환대라는 개념이 어떤 법적 지위나 정치적 지위를 가질 수 없다는 건 저도 잘 알고 있습니다. 그 어떤 국가도 순수 환대를 제 법률에다 기입할 순 없겠지요. 그러나 순수하고 무조건적 환대를, 환대 그 자체를 최소한 사유해보지도 않는다면, 우리는 환대 일반의 개념을 갖지 못할 것이며 … 조건적 환대의 규준조차 정할 수 없을 겁니다. 이 순수 환대의 사유 … 없이는, 타자에 대한 관념, 타자의 타자성에 대한 관념, 다시 말해 초대받지 않고도 당신 삶으로 들어오는 그 또는 그녀에 대한 관념을 갖지도 못할 겁니다. … 무조건적 환대는 법적이지도 정치적이지도 않지만, 그럼에도 불구하고 정치적인 것과 법적인 것의 조건입니다. … 환대 없는 '윤리'가 있을 수 있을까요? 역설, 아포리아는 이 두 환대가 서로 이질적인 동시에 분리 불가능하다는 것입니다."〔Derrida, 2003, 129(234-35)〕

이처럼 우리가 환대에 어떤 조건을 부과한다는 것 자체가 이미 무조건적 환대를 염두에 두고 있다. 마치 자연이 인간에게 베푸는 것과 같이 말이다. 무조건적 환대는 무조건 추종해야 할 이상은 아니더라도 어떤 가능성의 역할을 한다. 이를테면 이방인에 대해, 이런 존재자들을 내 영역에 맞이하고자 한다면 최선의 환영이 무엇인지를 고민할 것이다. 그러면서 비로소 그런 최선의 가능성에 비추어 조건을 부과하게 된다. 이런 점에서 무조건적 사랑이나 섬김의 환대는 불가능할지 모르지만 무의미하지는 않을 것이다. 타자에 대한 전적인 책임은 질 수 없지만, 내가 시행할 수 있는 최선, 무한한 책임에 대해서는 고려할 수 있고, 또 상상할 수 있다.

이를테면, 한 국가가 자국의 안보와 자국민의 안전을 위해 무한 책임을 져야 한다는 말을 자주 듣게 된다. 사실상 국가가 질 수 있는 책임은 그것이 정치적이건, 법적이건, 도덕적이건 간에 한정적일 수밖에 없다. 하지만 이것이 어떤 이념적 차원에서건, 정치 선동의 차원에서건 국가의 책임을 무한으로 상정해야만 안보와 안전의 문제를 최대한 고려할 수 있다. 그렇게 하여 비로소 현실을 따져 유한한 책임을 국가에 물으면서, 책임적 위치에 있는 관료나 정치인에게 도덕적, 법적, 정치적 추궁을 할 수 있다.

사랑하는 연인 간의 관계에서도 그렇다. 사랑의 맹세에는 당신을 죽기까지 아니 죽어서도 사랑하겠다거나 힘들거나 기쁠 때나 슬플 때나 언제라도 사랑하겠다는 내용을 포함한다. 이렇게 하는 맹세가 과연 현실에서 얼마만큼 지켜질 수 있는가. 이는 실제로는 지켜질 수 없는 맹세일지도 모른다. 현실의 연인은 자신의 조건적 제약으로 인해, 사랑을 둘러싼 여러 관계의 충돌로 인해 당연히 무한하지 못하다. 다른 한편 상대방이 원하는 수준의 사랑의 말과 행동을 다하지 못할 때가 많다. 하지만 그런 경우라도 상대방을 전적으로 사랑하겠다는 약속에는 정서나 도덕성, 언행 전반과 관련한 무한한 요구가 담겨

있다. 바로 여기에 비추어서 이후의 조건적인 사랑의 수행이 이어지는 것을 볼 수 있다.

이런 점에서 보자면 환대는 조건적이기만 한 것은 아니며, 조건 없는 것과 조건적인 것의 연관 아래서 사유될 수 있고, 양자 사이에서 빚어지는 충돌과 역설, 아포리아를 거쳐야만 실천될 수 있다.

글을 마치고 서재 너머 추수가 이미 이루어진 꽃밭을 보았다. 겨울 문턱에 들어섰음에도 그 꽃밭 사이로 꽃잎을 달고 있는 작은 캐모마일 꽃이 오늘 유독 눈에 띈다.

2022.11.21.

성탄절의 양구 모습과 배꼽제빵소

내가 살고 있는 강원도 양구는 국토정중앙 배꼽마을로 불린다.

2002년 5월 인공위성으로 측정한 결과 양구군 남면 도촌리 산 48번지가 동쪽의 끝 동단으로서 독도, 서단 평안북도의 마안도, 남단 제주 마라도, 북단 함경북도 온성군 유포면의 중앙에 있다. 다시 말해 한반도의 4극 지점 대비 정중앙인 지점으로 확인되었다. 이에 따라 양구군에서는 남면을 국토정중앙면으로 개칭하고, 국토정중앙천문대를 설립하고, 국토정중앙 배꼽축제 등을 개최해 왔다. 나아가 양구의 명소 파로호 중심부에 한반도섬을 건설하였다.

양구는 소양강 댐과 평화의 댐 사이 고산지대에 자리 잡고 있어 아침이면 물안개가 몽환적인 풍경을 연출한다. 겨울에도 역시 눈꽃을 볼 수 있는 장소이기도 하다. 무엇보다 양구는 겨울에 정말 춥다. 겨울 평균 기온이 영하 15도 정도이다. 여기에 바람이 불면 체감온도가 떨어져 영하 20도가 오르내린다. 가끔 양구에서 군대 생활을 하신 분들은 추운 겨울에 눈 치우던 경험으로 인해 다시는 양구 쪽을 돌아보지 않는다고 한다. 그 정도로 양구의 겨울은 혹독하기에 부정적 정서를 기억해내는 지역이기도 하다.

그러나 성탄절의 양구는 여느 산촌 도시와 마찬가지로 성에 낀 나무들 사이에 십자가가 빛나는 교회도 있고, 캐롤도 울리며 밝은 학동들의 웃음소리가 있다. 가끔 우리 집을 방문하는 지인들은 양구에 문화가 있느냐 어떻게 산촌 생활을 하느냐 하는 걱정을 하신다. 그럼 은근히 내 중학교 선배 임재순 대표가 운영하시는 '배꼽제빵소' 카페를 안내한다. 그러면 지인들은 양구에도 이런 데가 있었네! 하면서 나와 가족에 대한 걱정을 조금이나마 내려놓는다.

오늘 성탄절이자 양구 장날이다. 장날이면 으레 시내에 나온다. 참새가 방앗간을 그냥 지나가랴. 아내랑 장 구경에 나왔다가 배꼽제빵소를 방문했다. 항상 밝은 얼굴로 맞이해주시는 선배님과 2022년 성탄절 기념사진을 찍고 커피를 함께했다. 마침 카페에서 양구 미술협회에서 '아름다운 인연전'을 열고 있었다. 그림도 보고 탁 트인 양구의 겨울 전경을 볼 수 있어서 무엇보다 좋다. 카페를 중심으로 봉화산, 사명산 등이 병풍처럼 둘러싸여 있는 이 장소를 페친들께 소개하고 싶었다. 늘 겨울에서 바라보는 양구의 산들은 마치 중앙아시아 도시 어디에서든 바라보는 천산산맥과 같다. 높은 산의 7부 능선의 흰 눈이 내려 있는 그 모습을 이곳 국토정중앙 양구의 겨울이면 볼 수 있다.

국토정중앙 배꼽마을 양구에는 배꼽이 들어가는 상점이나 음식점들이 많다. 그 이유는 양구가 국토정중앙 배꼽 위치에 있기 때문이다. 그중에도 '배꼽제빵소'와 근처 '배꼽 스테이'가 있다. 독자들께서 양구를 방문하실 때 들를 기회가 있으시다면 나를 안다고 이야기를 해 보라. 그러면 아마 공짜 커피라도 대접받을 수 있지 않을까? 2022.12.25.

배곧제빵소

하루 종일 내리는 눈

이곳 양구는 정말 눈이 많이 내린다.

이번 눈은 펑펑 내리지 않고 약간의 수증기를 머금은 싸래기 눈이다. 일반적인 싸래기 눈은 제설작업에 편한 편인데, 이번 눈은 내리자마자 엉키어 제설을 위한 선풍기로도 처리가 잘 안 되었다. 그래서 원시적인 방법이지만 넉가래로 밀고 빗자루로 쓸었다.

어제저녁부터 내리는 눈이 지금까지도 부슬부슬 쉼 없이 내린다. 30센티 자로 재어보니 한참이나 눈 속으로 파묻힌다. 아마 50센티 이상 내리지 않았을까 하는 생각이 든다.

운전하시는 분들에게 눈은 장애물일 수 있지만 나처럼 독서하고 사색하기 좋아하는 사람에게 눈은 축복이다. 눈 내리는 동안 생각을 할 수 있으니 말이다. 어제오늘 내린 눈으로 여기가 알프스 마을이 아닐까 하는 생각이 들 정도이다.

온 산에 눈꽃이 피고 은빛의 겨울 나라 설국이 여기에 있다.

내리는 눈을 내 눈 속에 가두어 두고 싶어 시를 읽었다. 지난해 말 지었던 필자의 두 번째 시집《그리움의 기억법》의 겨울편 시를 몇

개를 소리 내어 몇 차례 읽어 보았다.

그중 〈눈처럼 그대가〉 시는 지난해 눈 덮인 양구에서 그리운 사람을 생각하며 쓴 시이다.

이렇게 양구의 겨울, 눈 내린 양구는 시를 짓고 시를 쓰기 좋은 마을이다.

눈처럼 그대가

눈이 올 듯합니다.
그대가 오신다기에
눈이 오면 어쩌나
혹여 못 오실까
심히 염려됩니다.

그래도
눈이 내렸음 좋겠습니다.
눈길이 막혀
이삼일 내 곁에 쉬었다 가시길
감히 바래봅니다.

곧 눈이 내릴 것 같은
분위기에 오시는 길 걱정보다
만날 설레임이 앞선답니다.

눈처럼 하얀 모습으로
밝고 맑은 그대 모습을
생각합니다.

그래서 눈이 왔으면
정말 좋겠습니다.

2023.01.14.

밝은 빛을 내는 LED

우리 고향 양구에 주소지를 옮기고 4도 3촌 생활을 시작한 지 1년이 지났다. 이곳에 내려오면서 준비한 사단법인 공존과이음의 설립도 6개월이 지나간다. 공존과이음은 지난 9월 법정 기부금 지정단체를 신청하였다. 운이 좋아서인지 설립 1년이 안 되었음에도 공익법인으로 인정받게 되었다. "뜻이 바르면 길이 있다."라는 진리를 요즘 자주 체험한다.

우리 법인은 사회적 약자를 구호하는 교육문화법인으로 출범하였다. 독거 어르신, 조손가정, 다문화가정 등의 구호사업과 회원들의 인문학 강좌 등 교육문화사업을 수행해 오고 있다.

최근에는 독거 어르신의 치매 예방 인문융합치료 프로그램을 실행하고 있다. 이 프로그램을 하면서 도중에 만났던 어르신들이 대부분 백내장 안과 시술 경험자들이 있으시다. 그래서 늘 눈이 어둡다고 하시는 것이었다. 주거 환경을 자세히 관찰하니 전등이 너무 어두운 것이었다.

이런 사정을 몇몇 지인에게 알렸는데, 다행스럽고 감사하게도 조명제작 회사를 운영하시는 지인분이 어르신들을 위한 LED 전등을 상당량 기부해주었다. 그래서 그 조명회사를 페북에 소개해드리고 감사장을 드리고자 했는데, 그냥 익명으로 하고 싶다고 했다. 참으로 고마우신 분이다. 세상에는 자기 행동을 드러내려 하는 사람도 많은데 착한 일을 구태여 자랑하려 하지 않는 사람도 있으니 말이다.

LED 전등 지원사업을 수행하기 위해 양구 가족센터로부터 대상 명단을 추천받았다. 이후 마을회관 창고에 보관 중이던 등들을 꺼내어 독거 어르신 집을 방문하여 설치해 드렸다. 눈이 내린 어제와 오늘 오전까지 LED 등 설치작업에 전기기사 자격증을 가진 친구에게 알바비를 주고 나는 조수 임무를 수행하였다. 어르신들께서 집이 대낮같이 밝아졌다고 "심봉사 눈 떴네"를 연발하셨다. 그들의 기쁨이 나의 기쁨이어서 함께 전등을 달아 준 친구도 모두 감격스러운 시간이었다.

경제가 어려워 물가는 치솟고, 사회복지 관련 지원은 축소되는 시기에 사회적 약자분들은 더욱 힘든 삶을 살아내야 한다. 날씨가 추울수록 따스함이 더욱 필요한 것이 당연한 이치이다. 모두 다 어렵겠지만 그들은 더 어려울 수 있다. 이 시기에 그들에게 도움과 격려는 자생하고 회복할 수 있는 "밝은 빛"이 될 것이다.

"한 달에 두 잔의 커피값으로 공존의 삶의 대오에 함께해주시기 바랍니다."라는 우리 공존과이음의 구호이다. 이렇게 추운 겨울이면 공존이음 정신을 한번 생각하시면 좋겠다. 공익법인의 첫걸음을 뗀 공존과이음이 NGO 공익 구호단체로서의 책무를 다할 수 있도록 많은 관심을 부탁드린다.

2023.01.26.

떡국은 정 나눔의 기호

한때 초코파이 광고에 '정'의 나눔을 강조한 적이 있다.

정은 우리 민속학계에서 흥, 어울림, 조화, 한 등과 더불어 우리 고유의 문화 유전자로 평가받고 있다. 설날 정의 소통을 나타내는 기호는 뭐니 뭐니 해도 떡국이 아닐까?

떡국은 단순한 음식이 아니다. 떡국은 농경을 위주로 하는 우리 민족이 오래전부터 설날에 조상을 위한 차례에 올려졌던 음식이다. 이를 통해 가족과 친지 나아가 문중과 지역사회의 공유된 소통망을 구성하는 데 중요한 역할을 한다. 그래서 떡국은 음식 그 이상의 기능과 의미가 부여되어 있다. 사단법인 공존과이음에 떡국 2박스 현물 기부가 들어왔다. 후원자는 우리 회원분인데 자신의 부모님이 떡집을 해서 우리 공존과이음의 취지와 사업을 이야기했다고 한다. 사정을 이해하고 좋은 일을 하는 데 조금이나마 보탬이 되고 싶다며 그의 부모님께서는 흔쾌히 떡국을 위한 가래떡을 양구로 보내주셨다.

정성스럽게 떡을 썰고 떡국을 만들어 박수근로 일대에 거주하시는 독거 어르신들을 집으로 초대해 대접해드렸다. 마침 이 행사에 독거 어르신 치매 예방 프로그램을 진행하는 두 명의 연구원이 함께하였다. 떡국을 나누어 먹으며 그분들이 스스로 떡국에 얽힌 과거의 추억을 회상하는 것이었다. 평상시 그림을 그릴 때 하지 않으셨던 말씀들을 이렇게 음식을 함께 나누니 대화의 물꼬가 트인 것이다. 음식은 그래서 소통의 도구임이 틀림없다.

떡국을 함께 나누면서 참여하신 어르신네들과의 이야기가 즐거웠다. 지난주에 이분들을 대상으로 한 미술치료 프로그램이 있었다. 이 프로그램의 성격은 '이야기-그리기'에 관한 것이다. 이에 대한 어르신들의 소감을 들을 수 있었다. 무엇보다 자원봉사자 연구원들이 진행했던 가족사진 앨범 정리 과제가 좋았다고 했다. 홀로 살지만 이들은 가족들의 이야기, 자신의 젊은 시절 등에 대한 회고와 이야기를 할 때 행복해하였다.

떡국은 역시 정의 나눔이다. 음식은 소통의 도구이다. 우리에게 이야기는 '신의 선물'이며, 대화는 축복이 아닐 수 없음을 느꼈다.

2023.01.29.

배꼽마을 양구에 온 손님

이번 학기는 안식 학기라 대부분 양구에 거주하고 있다. 간혹 학교와 연구소의 중요한 업무 때문에 직접 학교에 가는 것을 제외하고는 인천에 거의 없다. 대부분의 회의나 연구생 논문지도는 격주로 줌으로 진행하니 말이다. 양구에 머물다 보니 자연스레 나를 찾아 양구로 오시는 분들이 계신다. 지난주에 한국을 방문하신 일본 고베 코난대학교 한국문화연구소의 김태호 교수님과 지인들이 우리 양구를 방문해 주셨다.

양구에 오게 되면 대부분 양구 인문학마을(김형석-안병욱 철학의 집), 한반도섬, 국토정중앙천문대와 정중앙 배꼽점, 박수근미술관, 펀치볼, 땅굴, 두타연 등을 함께 탐방한다. 그런데 땅굴, 펀치볼, 두타연 등에 대한 민간인 출입 제한으로 방문하지 못했다.

이분들과 양구 명소를 두루 방문하고 점심은 시래기 정식을, 저녁은 소양호 근처의 밤나무집식당에서 매운탕으로 했다. 양구를 방문한 모든 지인분들은 양구의 청량한 공기에 찬사를 보낸다. 아마 청정지역에다가 산림이 많으니 산소 포화도가 높기 때문이 아닐까 한다.

또 다른 이유는 소양강과 북한강 상류 지역이 식수원 보호구역이니 폐수를 배출할 수 있는 공장이 설립될 수 없기 때문일 것이다.

특히 외부 방문객들이 와서 꼭 사진을 제대로 찍어야 하는 곳은 국토정중앙점이 있는 휘몰이탑이다. 이 탑은 한반도의 4극 지점을 기준으로 중앙경선과 중앙위선이 교차하는 정중앙 지점에 건설되었다. 국토정중앙점 근방에는 도촌리에 국토정중앙천문대가 있다. 국토정중앙 배꼽마을은 양구가 지닌 가장 강력한 브랜드가 아닐 수 없다.

이 괄목할 만한 브랜드는 양구군을 이끌었던 역대 군수분들께서 온 힘을 다해 지역발전에 공헌한 결과라고 본다. 민선 1기셨던 임경순 군수 이래로 전창범 군수, 조인묵 군수에 이어 현재 서흥원 군수까지 청정지역의 이점을 활용하여 스포츠 및 여가 중심 평생 학습도시 정책을 추진하고 있다.

양구는 국토정중앙 배꼽마을이고 거기에 우리 공존과이음이 위치한다. 우리 법인의 슬로건은 "모든 차별로부터 사회적 약자를 구호한다."이다. 현재 독거 어르신 정서지원 프로그램, 다문화가정 학생 진로사업, 시민 대상 다문화교육 프로그램 등을 수행하고 있다.

우리 공존과이음에서는 봉사해주시고, 마음을 함께하시는 모든 회원분의 양구 방문을 진심으로 환영한다.

2023.03.20.

28

대추나무에 사랑이 걸릴까요

조부모로부터 내려온 가족 공동소유의 임야가 있다. 이 산이 전체 만여 평이 넘지만 경작할 만한 땅은 단지 산 중턱에 있는 1,200평 정도의 밭뿐이다. 아직 초보 농부라 이렇게 큰 밭을 운영하기에는 힘에 부쳐서 근처에 사시는 사돈분께 임대했다. 사돈께서는 그 밭에 들깨를 심었다.

나는 이 산의 언저리에 있는 땅에 지난해는 두릅나무를, 올해에는 대추나무를 심었다. 이 땅은 어머니께서 노환으로 움직이시기 힘들기 전까지 고구마를 심었던 밭이다. 어머니가 농사를 멈추었던 기간이 5년 정도였고 그간 농사를 짓지 않은 땅이라 그냥 풀밭이 되었다. 군데군데 아카시아나무와 단풍나무가 2미터 이상씩 자라고 있었다. 나는 밭에 자라고 있는 나무들을 우선 톱으로 제거했다. 나무를 자르고 삽으로 뿌리를 캐내었다. 이렇게 안 하면 아예 밭이 나무가 무성한 산이 될 것 같았다. 그래서 지난해 절반 정도를 거의 개간 수준으로 나무를 베었다. 그리고 땅을 뒤집는 작업을 한 후 두릅나무를 심었다. 올해는 키가 꽤 커져 다음 달이면 상큼한 향의 두릅을 맛볼 수 있을 것 같다.

어제는 온종일 20그루의 대추나무를 심었다. 마침 춘천에 사시는 누님 부부가 식목 봉사를 나와 주셔서 함께 노작을 할 수 있었다. 대추나무는 한국과 중국을 비롯한 아시아 동남부와 유럽 동남부에 널리 재배되는 과수라고 한다. 한국에서는 주로 마을 부근에서 많이 볼 수 있다. 곁가지가 엄청나게 많고 가시가 있어서 정리를 안 해주면 마치 덤불처럼 된다. 그래서 마을 학동들이 연 놀이를 하다가 여기 걸리기라도 하면 그냥 얌전히 포기해야 한다. 그래서 대추나무를 '가시나무'라고 부르기도 했다.

대추나무는 다른 나무에 비해 새싹이 트는 시기가 아주 늦다. 다른 나무가 새싹을 틔운 지 한참 되었을 때야 서서히 새싹을 피워 낸다. 꽃도 크기가 콩알만 한 데다 색깔도 연둣빛이라 눈에 잘 띄지 않는 편이다. 그냥 놔두면 키는 최대 7~8m까지 자란다. 그러나 최근에는 낙과를 예방하고 대추를 편하게 수확하기 위해 정전을 한다. 그래서 키를 키우기보다는 옆으로 넓게 퍼지게 하기도 하고, 비닐하우스 내에 기르기도 한다. 대추나무는 아무 흙에서나 잘 자라기 때문에, 키우기 무난한 과실나무라 정원수로도 인기가 좋다.

시골을 다닐 때면 대추나무 가지 사이에 무거운 바위나 돌멩이를 올려놓는 경우를 볼 수 있다. 이는 대추나무 특유의 가지 유도 방식이며, 대추나무를 장가 혹은 시집보낸다는 말로 불렀다. 나뭇가지가 탄성이 작아 잘 부러지고 가지치기 역시 가시가 있어 쉽지 않으므로 돌멩이 활용은 지혜를 짜낸 방법인 것으로 판단한다. 또한 돌에 눌린 부분은 조직이 더 단단해져 쪼개짐을 예방하므로 태풍이나 강풍에 잘 버틸 수 있다.

이런 처방에서 느낄 수 있는 것은 우리 선조들의 지혜이다. 자연과 공존 방법을 늘 모색했던 선조들이야말로 진정한 '환경론자'가 아닐까 한다. 대추나무 장가 혹은 시집보내기는 과거 KBS의 농촌 드라마인 〈대추나무 사랑 걸렸네〉로 스토리텔링 되었다고 본다.

귀농 생활 2년차 농부이지만 농사에 임할 때면 선조들의 지혜를 확인할 수 있어 좋다. 어쩌면 이렇게 질적연구방법이 농사일과 유사함을 느낀다. 학문과 농사는 본질적으로 "뿌린 대로 거두리다"를 실감나게 하는 영역이다. 20그루의 대추나무가 올해에는 첫해라 열매를 맺지 못하겠지만, 2~3년 후에 풍성한 대추알을 기대해 볼 수 있겠다.

2023.03.26.

뿌린 대로 거둘 수 있을까요

양구의 4월은 밭일이 시작되는 적기이다.

중부나 남부 지역에 비해 양구는 3월의 봄에도 눈이 내리기도 하고, 밤에는 영하권이기 때문에 농사일은 늦게 시작되고 추수는 일찍 끝난다. 지난해 4월부터 5월 사이 양구에는 큰 산불이 여러 번 났었다. 그 이유 중 하나가 밭일을 시작할 때 밭에 추수하고 남아 있던 깻대, 옥수숫대, 고춧대 등을 태우거나 논둑 및 밭둑을 태우기 때문이다. 그러다가 기온이 건조하기도 하고 봄바람이 불기도 해서 야산으로 불이 옮겨붙기가 일쑤이다. 그래서 양구군청은 부산물의 소각을 금하는 캠페인을 벌이며, 이를 파쇄할 수 있는 기계와 인력을 지원해 주고 있다. 지난주에도 산불이 있어 종일 소방청 헬기와 지원 군용 헬기가 양구 상공을 분주하게 다녔다.

우리 공존과이음도 밭농사를 지난주부터 시작하였다. 물론 부산물은 소각하지 않고 퇴비를 만들어 두었다. 이번 주는 트랙터로 로터리 작업을 시행했다. 로터리 작업은 봄 들어 겨우내 얼어서 주저앉은 밭 흙을 돋워 주는 작업이다. 로터리를 치기 전에 거름을 치고 가스를 빼준 후 작업해야 한다. 그래야 씨앗이나 모종이 안정적으로 활착할 수 있다고 한다.

요즘 농촌이나 전원마을에 나는 특유의 냄새가 바로 이 거름 때문이다. 로터리 작업을 하고 고랑을 만들었다. 아울러 황화 코스모스 씨앗을 모종을 위해 흩뿌리기를 했다. 지난해처럼 5월부터 노랑 코스모스를 볼 수 있겠지, 뿌린 대로 거둘 수 있다면 좋겠다.

이른 아침부터 해가 지는 6시 30분까지 이렇게 하루를 밭일로 보냈다. 그렇지만 일에 집중하다 보면 힘들다기보다 힐링을 느낀다. 봄이 주는 나른함을 넘어 이러한 기쁨을 모두 느끼는 봄이었으면 한다.

2023.04.02.

독거 어르신 치매예방 프로그램

지난해 11월 말 시작한 (사)공존과이음의 독거 어르신 치매예방 프로그램이 오늘에야 마무리되었다.

이 프로그램은 내가 연구소장으로 있는 다문화융합연구소 산하의 인문융합치료센터 인문융합치료의 이념을 기반으로 설계한 것이다. 인문융합치료는 인문학의 기본요소인 내러티브에 인문사회, 예술, 심리, 상담의 다양한 분야들을 융합하여 인간에게 나타나는 여러 가지 심리·정서적인 문제에 접근하는 방법으로 학제 간 융합을 통한 접근방법이다. 인문융합치료는 내담자의 내러티브 재구성을 목표로 하기에 변화의 대상은 내담자의 내러티브이다. 내담자가 내러티브 재구성을 통해 만들어 낸 이야기를 통해 존재의 통합이 가능하다고 보았다. 내담자는 인문융합치료를 통해 그동안 인지하지 못했던 무의식을 의식화하며, 이 과정에서 카타르시스를 경험할 뿐 아니라 자신을 어렵게 했던 인생의 내러티브를 재조정함으로써 주체의 조화를 찾아가는 것이다.

노인을 대상으로 인문융합치료를 적용함으로써 내러티브 재구성에 접근한 연구는 문학(자전적 이야기, 소설, 시, 영화) 등에 그림, 음악 등을 융합하여 적용한 연구, 독서치료에 다양한 미술, 음악, 영상을 융합하여 적용한 연구 등이 있다. 그런데 실제로 독거노인을 대상으로 한 연구는 미비한 상황이다. (사)공존과이음의 독거 어르신 치매예방 프로그램은 내담자의 생애사를 바탕으로 내러티브 탐색과 재구성을 통한 자아 통합을 목적으로 하고 있다. 생애사에는 시간, 공간, 인물을 포함하는 사건과 그것을 바라보는 내담자의 시선이 담겨 있다. 프로그램을 통하여 자신을 바라보는 이야기 정체성 즉 내러티브를 해체하고 다시 생성하는 과정을 통해 주체성을 획득하고 자아 통합에 이를 수 있다고 보았다.

이 프로그램의 1단계는 '도입' 단계로 생애 회상 기반으로 포토텔링을 통해 신뢰 관계 형성 및 생애 전반적인 생애 내러티브를 탐색하였다. 1, 2회기는 연구참여자의 자택에서 이루어졌으며 벽에 걸려 있거나 소장하고 있는 사진을 활용하여 생애 회상 인터뷰를 진행하였다. 생애 회상(reminiscence)은 자기 삶을 되돌아보는 과정으로 과거의 다양한 경험 중 의미 있는 것을 떠올리며 자기이해(self-understanding)를 증진할 수 있으며, 과거 경험을 타당하게 재구성하며 삶에 새롭고 중요한 의미를 부여한다. 연구참여자에게 의미 있는 사진을 선택하여 인터뷰를 진행한 뒤 정리되지 않았던 사진을 앨범에 정리하였다. 2단계는 '탐색' 단계로 인형을 활용한 소시오그램을 진행하였다. 소시오그램은 모레노가 고안한 것으로, 개인이 다른 사람과 상호작용하면서 차지하는 위치와 그 위치가 상대적으로 중요한지를 보여준다. 3, 4회기는 지역 커뮤니티 공간에서 진행되었으며 원가

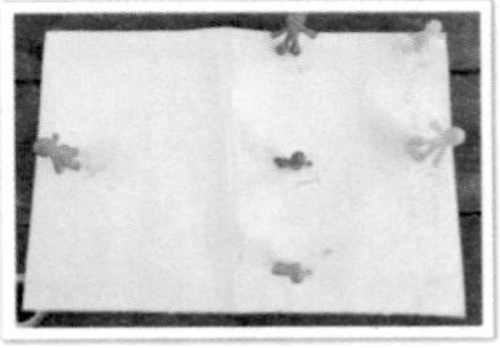
연구참여자 A

연구참여자 B

연구참여자 C

족과 현 가족으로 나누어 구성원 간 억압, 금기, 욕구, 즐거움, 만족 등의 관계 역동 탐색함으로써 문제적 내러티브와 재해석의 가능성을 탐색하였다.

3단계는 '표현' 단계로 명화를 활용하여 연구참여자의 내면 및 주요 감정을 탐색하고 표현함으로써 감정을 중심으로 한 내터리브를 파악하고자 하였다. 감상자는 명화 감상을 통해 자신의 무의식이 투사되어 역동이 일어난다. 이 과정을 통해 자신의 감정과 느낌을 인식하고 자신을 재조명하게 된다. 회기는 지역 내 '박수근 미술관'을 방문 및 관람 뒤 박수근 그림에 투영된 자기 삶을 탐색하고 박수근의 그림을 활용하여 명화 콜라주를 진행하였다. 6회기는 명화에 투영된 자기 이야기를 나누고 느끼는 감정을 핸디코트에 물감을 섞어 우드락에 표현함으로써 감정을 중심으로 한 내러티브를 탐색하고 재구성하였다. 4단계는 '해석' 단계로 4컷 만화를 응용하여 생애 주요 4컷을 구성하였다. 연구참여자가 고령의 여성 독거노인이라는 점을 고려하여 표현이 쉬운 잡지 콜라주와 먹물 그림책 만들기를 활용하였다. 이를 통해 생의 주요 내러티브를 탐색하고 재구성하는 작업을 진행하였다. 5단계는 통합의 단계로 리텔링(re-telling)을 통해 이전 회기에서 종합된 내러티브를 정리하고 고통으로 해석되었던 생애 내러티브를

표현함으로써 과거를 수용하고 재구성하는 과정을 통해 자기 삶에 대한 긍정적인 조망이 가능하도록 돕고자 하였다.

이 프로그램은 인하대 다문화융합연구소 인문융합치료센터에서 1년간 연구원들이 스터디와 워크숍을 통해 구성한 것이고, 지난해 농한기를 맞이해 이곳 양구에 거주하시는 독거 어르신을 대상으로 적용한 것이다. 그간 프로그램 실행을 주도한 김도경, 이은아 연구원과 각 세션별 슈퍼바이저인 권요셉 박사, 윤수진 박사, 오정미 박사, 서현주 연구원이 수고를 해주었다.

참여하신 어르신은 모두 여섯 분이신데 성공적으로 모든 교육을 함께 이수하신 수료자는 모두 세 분이다. 이분들의 생애 경험을 존중

하고 기리는 의미에서 멋진 상도 만들어 드렸다. 이분들 역시 과거의 행복한 삶을 떠올리고 현재의 신체적 아픔과 정서적 외로움이 많이 해소되고 긍정적인 삶의 애착감을 가지게 되셨다고 한다.

모든 과정을 마치시고 나름의 스토리텔링을 구성하신 세 분의 어르신들이 생의 마지막까지 행복하셨으면 한다. 지금처럼 우리 공존과이음은 모든 차별에 도전하고 다양성을 지켜가는 데 앞장설 것이다.

2022.04.17.

배꼽마을 양구에 온 어린왕자

우리는 모두 어린왕자를 한 명씩 마음속에 두고 살고 있다.

어린왕자가 누굴까? 《어린왕자》는 프랑스의 소설가 생텍쥐페리가 1943년에 발표한 작품이다. 실제 파일럿이기도 했던 그가 멋진 상상력을 발휘하여 쓴 동화책에서 나오는 주인공이다.

한 비행사가 비행기 고장으로 사막에 불시착하였는데, 어떤 별에서 우주여행을 온 어린 왕자와 만나면서 벌어지는 이야기가 기록되어 있다. 평론가들은 이 동화는 인간이 고독을 극복하는 과정을 어린 왕자를 통해 상징적으로 표현하는, 어른들을 위한 동화책이라고도 했다. 나도 이 책을 초등학교 때 읽었다. 이후 어른이 되어도 그 어린왕자가 내 마음속에 들어와 늘 희망을 피어나게 했다.

우리 사단법인 공존과이음에서는 양구에 거주하는 초중등생들에게 '어린왕자'와의 만남을 주선하였다. 4월 29일 양구군 청소년수련관에서 어린왕자 화가 강석태 박사님을 모셔서 어린왕자 그리기와 스토리텔링 시간을 가졌다. 오전에는 강석태 작가님의 어린왕자 이야기를 듣고, 밑그림 그리기를 했다. 점심은 공존과이음에서 제공한 토스트와 음료수, 다과 등을 하고 오후에는 그림 완성 후 스토리를 나누는 시간을 가졌다.

여기에 참여한 학생들은 다문화가정 학생, 드림스타트 가정 학생들이 대부분이었다. 참여한 학생들 모두 그림에 자신의 희망을 넣어 이야기했는데 모든 참여자가 어린왕자로 상징되는 순수함의 언어로 꿈을 묘사했다. 오늘 행사를 진행한 강석태 박사님은 물론 봉사자로 활동한 인하대학교와 강원대학교의 대학원생 모두 보람 있는 공존의 하루였다.

이 행사를 개최할 수 있게 도와주신 서흥원 양구 군수님, 박현정 평생교육과장님, 프로그램을 위한 장소 섭외와 당일 안내 등 행정적인 지원을 해주신 조해국 팀장님께 지면으로나마 감사를 전한다.

"타자에 대한 환대는 주체의 무한한 윤리이다."라는 레비나스의 절대타자론을 다시 한번 생각나는 시간이었다. 국토정중앙 배꼽마을 양구에서의 공존은 양구를 넘어 강원도로, 한국 전체로 들불처럼 번지기를 소망한다.

2023.05.01.

[지역공동체] 외부지원사업
"배꼽 마을에 온 어린 왕자" 사생대회
주최 : 인하대학교 대학원 다문화교육학과, 강원대학교 대학원 교육인문협력학과 BK21 교육연구단
후원 : (사)공존과 이음, 양구군(가족센터, 드림스타트)

양구는 지금 곰취 축제 중

대부분 취나물은 식용으로 사용된다.

곰취 역시 4~5월 여린 잎으로 쌈을 싸 먹거나 데쳐서 나물로 먹곤 한다. 그런데 왜 하필 곰취일까? 첫 번째 설은 곰이 좋아해서이며, 두 번째 설은 잎 모양이 곰 발바닥을 닮아서이다. 이 중 무엇이 맞을까 골라보도록 하자.

식물도감에 따르면 첫 번째 설이 유력하다. 이곳 양구는 어제부터 곰취 축제(5월 5~7일)가 진행되고 있다. 벌써 20번째가 된 청년 축제인 곰취 축제에 대부분 사람은 축제의 주인공인 곰취에 대해 생각하고 곰취를 모티브로 한 놀이를 구상하는 것보다는 개막식 출연 게스트에 관심이 있는 듯하다.

이번에는 트로트 가수 장민호가 온다고 한다. 오전부터 장민호 팬클럽 플래카드를 단 두 대의 대형버스가 축제장 근처에 와 있다. 저런 팬심을 보면서 저 열정을 자기 계발과 사회발전에 쓰면 좋겠는데라는 생각을 잠시 해 보았다. 본론으로 돌아가 양구 곰취 축제를 조망하도록 하자.

양구에서 곰취 축제를 하게 된 동기는 청정지역 양구가 전국적으로 곰취 생산량이 최고이기 때문이다. 무엇보다 조석 간 기온 차로 곰취의 향이 진하고 부드러워서 많은 사람이 즐겨 찾는다. 그래서 양구군에서는 전략적으로 곰취 재배 장려 정책을 수립하고 해당 농가를 지원하고 있다. 곰취는 원래 깊은 산속 노지에서 자라는 속성을 지닌다. 그런데 이 곰취를 농가 하우스에서 생산할 수 있는 기법이 개발되면서 많은 농가의 수입이 높아졌다.

곰취는 높이 1~2m이며, 7~9월에 줄기 끝에 지름 4~5cm의 노란색 설상화가 총상꽃차례로 핀다. 어린잎만을 나물로 먹는데, 독특한 향미가 있다. 그래서 나물취라고 하기도 한다. 한방에서는 가을에 뿌리줄기를 캐서 말린 것을 호로칠(葫蘆七)이라 하여, 해수 · 백일해 · 천식 · 요통 · 관절통 · 타박상 등에 처방한다. 다시 말해 곰취는 서양식으로 하자면 허브 식물인 셈이다. 우리는 이를 약용식물이라고 한다.

먹는 음식이나 식재료에 관한 축제는 우리나라에 매우 많은 편이다. 물론 축제의 본질인 그 음식이나 재료를 시식하는 것도, 그 음식에 대한 이해도 매우 중요하다. 하지만 축제라는 놀이 공간을 통해 기억을 만드는 것이 더욱 중요하다고 본다.

일찍이 《호모 루덴스(Homo Ludens)》의 저자 하위징아는 놀이가 문화의 한 요소가 아니라 문화 그 자체가 놀이의 성격을 가지고 있다고 말했다. 다시 말하자면 어떤 축제의 콘텐츠와 축제 향유자가 모두 문화의 한 단면으로 해석될 수 있음을 의미한다. 이어서 그는 "놀이의 본질을 규정하는 것은 바로 재미(fun)의 요소라 할 수 있다. 모든 놀이는 자발적 행위이다. 명령에 의한 놀이는 더 이상 놀이가 아니다. 놀이는 언제라도 연기되거나 정지될 수 있다. 육체적 필요나 도덕적 의무에 의해서 부과되는 것이 아니다."라고 했다.

그렇다면 축제 역시 문화의 한 단면으로 진리와 정의, 도덕적 양심의 기준에서 포괄적으로 구분할 수밖에 없을 것임이 자명하다. 결국 축제는 단순히 그 지역의 물건을 홍보하거나 지자체 브랜드를 높이는 그 이상의 정신적이며, 관념적인 이상을 포함해야 한다고 본다. 이를테면 어울림, 평화, 공존 등 이런 내용이 축제 곳곳에 스며들어야 한다는 것이다.

그래도 양구의 곰취 축제에는 어린왕자 그림들이 전시되어 있다. 다문화가족이 함께하는 세계인의 날 행사도 있다. 곰취를 비롯한 먹거리뿐 아닌 문화가 서려 있는 양구의 곰취 축제에 여러분을 초대한다.

2023.05.07.

연탄을 때는 까닭

양구의 겨울은 무척이나 춥다.

서울이 영하 1도 정도일 때 양구는 영하 10도가 된다. 겨울에 극한의 추위와 폭설이 내리는 것은 강원도 영서지역 고산지대의 특성이다. 양구는 그 특성을 보이는 전형적인 곳이다. 올해는 이상 기후 증상으로 더욱 추운 것 같다. 오늘 이곳 양구는 한파주의보가 있었다.

오전에 같은 동네 독거 어르신 집에 연탄을 날라드렸다. 내가 연탄 나르는 사진을 가족 단톡방에 올렸더니 큰아이가 대뜸 "아빠 총선 출마하는 정치인 같다."라는 것이었다. 사실 내가 제일 싫어하는 사람들이 정치인이다. 여나 야나 다 똑같다. 선거철에 표 동냥할 때 사탕발림으로 공약 공수표를 난발하는데, 자리만 차지하면 국민은 안중에 없다. '국민의힘'에 진정한 국민의 힘은 무력화되어 있고, '더불어민주당'에 민주는 찾아보기 어렵다. 권력을 가진 여나 180석의 의석을 가진 야나 민생은 뒷전이다.

딸아이가 나를 정치인으로 이야기한 것은 아마 겨울철이면, 특히 선거철이 올 때면 유독 정치인들이 연탄 나르기 봉사에 앞장섰기

때문이 아닐까. 그래서 그것을 희화하여 본 것 같다. 사실 정치인들만 이 연탄 나르기 봉사를 하는 것이 아니다. 세상에는 정말 도움이 필요한 곳이 너무 많이 있다.

정부, 지자체, 봉사단체가 못 하는 일들을 지역사회에서 묵묵히 실천하는 많은 시민이 있다. 우리가 알아야 할 것은 연탄 봉사가 아니라 왜 어려운 이웃들이 연탄을 때느냐에 주목해야 한다. 현 정부 들어 전기세, 가스비, 등유비 등 겨울 난방을 위한 연료비가 줄줄이 올랐다. 그나마 연탄은 한 개에 850원 정도 가장 저렴하다고 한다. 하루 들어가는 연탄량은 6개 정도여서 하루 난방비가 6천 원이니 겨울철에 가장 저렴한 연료비라고 본다. 그래서 어려운 이웃들이 연탄 보일

러를 사용하는 것이다.

가을 추수 이후 모처럼 반나절 팔운동을 하였더니 어깨와 팔꿈치가 뻐근하다. 그러나 이웃의 사정을 공감하고 협동했다는 마음으로 즐거웠다.

우리가 어떻게 내 가족, 내 친지에게만 사랑을 나눌 수 있을까? 사랑을 좀 더 넓게 만들어 내고, 필요함이 있는 곳에 작동시키면 얼마나 좋을까? 죽어서 천국과 극락을 만들기보다 살아서 함께 살기 좋은 상생의 사회를 만들면 어떨까. 오늘은 공존을 생각하는, 공존을 실천하는 하루였다.

2023.12.01.

선배 교수님들의 정년 기념 여행

'한국교육을 걱정하는 모임'(이하 교걱모)에서 함께 활동하시는 두 분의 교수님들이 정년을 맞이하여 속초로 여행을 오신다는 연락을 받았다. 교걱모는 2015년에 교육대학원장협의회에 참여했던 수도권 지역의 교육대학원장들 중 뜻이 맞는 원장들이 모여 조직한 자발적 결사체이다.

교걱모는 말 그대로 우리 교육을 비판하고 발전적인 대안을 모색하는 협의와 아울러 교육부 정책에 대한 쓴소리를 내는 집단이다. 만나면 주로 교원양성기관의 정체성과 방향에 대한 의견과 교원양성제도, 임용고사 개선안 등을 논의한다. 때로 의견이 달라 격렬한 논쟁이 벌어지기도 한다. 지난여름에 여섯 분의 교수님들이 양구 용옥재를 방문하여 두타연, 한반도 섬, 박수근 미술관, 인문학 마을 등을 답사했다. 방문 이유는 우리 가족의 귀촌 상황이 궁금하기도 하고, 나를 격려하기 위한 차원이었다. 그런데 귀촌에 관한 질문의 이면에는 전원생활에 대한 동경이 깔렸다.

당시 우리 집을 방문하셨던 교수님들 중 고려대 고형진 교수님과 이화여대 황규호 교수님, 이 두 분께서 이번 방학을 기점으로 정년 퇴직을 하신다. 그래서 교격모에서는 이분들의 정년을 축하하기 위해 푸르른 동해가 보이는 강원도 속초로 기념 여행을 잡았다. 그리고 양구에서 속초가 멀지 않으니 시간 되면 함께 만나자는 연락을 받았다. 양구에서 인제를 지나 미시령 터널을 통과하면 속초에 다다른다. 차량으로 약 45분 걸리는 거리다. 그런데 미시령 터널을 벗어나 속초에 들어서면서 눈을 만났다. 펑펑 내리는 큰 눈을 만났다.

눈으로 길이 막히어 약속 시간보다 나도 그분들도 늦게 도착했다. 속초 영랑호가 내려다 보이는 파스쿠찌에서의 한국교육에 관한 열띤 논쟁, 속초 바닷가 횟집에서 내리는 눈을 보며 두 분들의 학문생애사를 들을 수 있었다. 속초에 내린 큰 눈으로 인해 이들의 정년 여행은 아주 기억에 남을 만한 시간이 되었다. 무엇보다 건강한 정년을 맞은 두 분 교수님께 축하를 해드리기 위해 밤에 시를 지어보았다. 그리고 이 시 〈새로운 길〉을 다음 날 점심시간에 직접 읽어 드렸다.

새로운 길

가던 길이 끝났다고
그대의 길이 끝난 게 아닙니다.

길이 끝나는 곳
그곳에 새로운 길이
열려 있다는 것

우리는 다시 길을 떠날 채비를
해야 합니다.

아무리
그대가 멀고 험한 길을
걷게 될지라도

나는 우리는
그대와 더불어 걷고 있다는 것
그래서
그대는 홀로가 아닙니다.

바람과 꽃과 나무
우리가 함께합니다.
그대의 새 길을
그대의 새 날을

이곳 속초의 바다가
흰 눈으로 뒤덮인
학사평 들녘이
그대의 새 날을 응원합니다.
우리랑 함께

2024.02.02.

of ESPRESSO
Monte Cerignone
by Mario Pascucci starts to make
their own coffee from Monte Cerignone
Slow
ROASTING
Coffee Bean's Unique Flavor and Scent

봄에 오지 않는 사람 : 슬픈 인연법

지난봄 춘천에 사는 고향 친구가 아내와 함께 우리 집을 방문했다.

그도 나처럼 오랫동안 타지에서 법원 공무원 생활을 하고 명예퇴직을 하고 법률 자문 컨설턴트로 인생 2막을 살고 있다. 내 친구 가족의 꿈도 나처럼 집을 짓고 고향에서 노후를 보내는 것이었다. 그래서 우리 집 방문이 그에게는 의미가 있지 않을까? 그런데 그와 이야기를 나누다 보니 아내가 지난해부터 암으로 투병을 하고 있다는 것이다. 그래서 공기 좋고 물 맑은 양구에서 살고자 한다는 것이었다. 그림 같은 집을 짓고 아름다운 꽃밭을 만들어 아내의 건강 회복이 이번 해의 소원이라고 했다. 그리고 그것이 부인에게 남은 희망이라고 했다.

우리 집 용옥재 방문은 아마 벗의 아내에게 더욱 의미 있는 일이었을 것이다.

두 사람을 환대했다. 우리가 그동안 준비했던 귀촌 계획과 실제 실행의 경험담도 일러주었다. 내외는 우리 집을 둘러보고 꼭 이런 아름다운 집을 짓고 오래도록 행복하게 살겠다고 했다. 우리 내외도 그런 그와 그의 아내를 위해 응원을 보냈다. 그리고 그들이 가면서 "내년 봄에 꼭 다시 올게요."라고 했다. 우리도 그들에게 "다음에 건강한 모습으로 보아요."라고 했다.

그런데 입춘이 지나고 봄의 입구에 들어선 어제 친구에게서 부고가 왔다.

참으로 마음이 슬프다. 만물이 돌아온다는 입춘 투병생활을 했던 벗의 아내가 황망하게도 먼 길을 떠났다. 만났다가 언젠가 헤어져야 하는 회자정리의 세상, 이 세상의 인연법이 너무 가혹하다. 나는 부인상을 당한 벗에게 마음을 다해 애도 시 〈슬픈 인연법〉을 지어 친구에게 보냈다.

슬픈 인연법

벗의 아내가
저세상으로 홀연히
여행을 떠났습니다.

부고를 받고
벗의 아픔과 슬픔이
공감으로 다가오는
양구의 밤입니다.

투병으로 예견된
이별이었지만

막상 부고를 접하니
세상의 허망함이
밀물 되어 몰려 옵니다.

떠난 친구의 그대에게
남겨진 친구와
그 가족들에게
온갖 안쓰런 마음이 가득합니다.

만났다가도 언젠가
헤어져야 하는
이 세상의 인연법

누구에게나 순서만 다를 뿐
엄히 적용되는 이치에
떠나간 님에게 명복을
하얀 국화꽃으로
대신합니다.

친구의 그대여
아픔이 없는 하늘나라

그곳에서
다시 친구를
만날 그날까지
부디 부디 영면하소서.

2024.02.04.

기부하는 사람들

오늘 오후에 우리 공존과이음 사무실로 우체국 택배가 왔다.

며칠 전 이번 학기 정년하시는 고려대 국어교육과 고형진 교수님이 책 기부를 문의했었다.

연구실의 책들을 정리하면서 시집만을 간추려 무려 14박스를 보내주셨다.

우리 공존과이음 같은 비영리 법인은 주로 회원분들의 회비와 기부금으로 운영된다. 그 때문에 자발적 협력 및 참여 형태의 기부는 공존의 실천을 위한 전제가 된다.

지난해부터 공존과이음은 도서를 기부받고 있다. 그 이유는 박수근로 85번길에 작은도서관과 공존 갤러리가 건축되고 그 공간을 채울 의미 있는 책들이 필요하다. 주로 공존과이음 회원분들이 봉사자 활동을 하기 위해 양구를 방문하고 잠시나마 책도 보고 차를 마시고 그림을 볼 수 있는 공간을 마련하기 위함이다. 혹은 사색과 독서를 하고 집필을 위한 공간이 필요한 공존과이음 회원분들을 위한 공간이기도 하다.

유독 우리 사회는 기부에 민감하지 못하다. 사실 기독교의 헌금, 불교의 공양 등이 사회적 기부보다 더 많은 것 같다. 물론 종교에 내는 정성이 사회적 기부로 활용될 수 있지만 시민의 직접적인 기부와는 온도의 차이가 있다.

사실 우리 주변에는 도움이 필요한 사람들이 많다. 그 도움에 동참하고자 하는 사람도 많다. 하지만 바쁜 일상 속에서 기부를 하기가 쉽지 않다고 생각하는 분들도 많다. 그러나 우리가 조금만 노력한다면 쉽고 재미있게 기부할 수 있는 방법이 많다.

우선 매달 일정 금액을 기부단체를 지정하고 자동으로 기부하는 방법이 있다. 많은 기관에서 정기 기부 프로그램을 운영하고 있으며, 몇천 원대의 작은 금액부터 기부할 수 있다. 매달 돈을 모아 기부하는 것보다 작은 금액을 정기적으로 기부하는 것이 더 쉽고 지속적으로 도움을 줄 수 있다.

또한 온라인 쇼핑을 할 때 기부 플랫폼을 활용하면 쇼핑을 하면서 동시에 기부도 할 수 있다. 기부 플랫폼을 통해 쇼핑몰과 제휴하여 일정 비율의 수익금을 기관에 기부하는 프로그램을 찾아볼 수 있다.

최근에는 소셜 네트워크 서비스(SNS)를 활용하여 기부를 하는 방법도 있다. 일부 기관에서는 SNS 게시물 공유, 좋아요, 댓글 달기 등 간단한 활동만으로 기부에 참여할 수 있는 프로그램을 진행하고 있다. 또한 개인적으로도 SNS를 활용하여 자신이 지지하는 기관을 알리거나 기금 모금 캠페인을 홍보하는 등 기부 문화 확산에 앞장설 수도 있다.

또한 집에 더 이상 필요하지 않은 물건들을 기부하는 것도 좋은 방법이다. 옷, 책, 가전 제품 등 재활용 가능한 물건들을 기부하면 필요한 사람들에게 도움을 줄 수 있다. 이는 환경 보호에도 도움이 된다. 기부받는 단체를 찾는 것은 온라인 검색을 통해 쉽게 찾을 수 있다.

지금 당장 큰 금액을 기부하기 어렵더라도 작은 노력과 관심만 있다면 누구나 쉽게 기부에 참여할 수 있다. 우리 공존과이음 회원분들처럼 말이다. 생활 속에서 습관적으로 기부를 실천해 나간다면, 더 많은 사람에게 도움을 줄 수 있을 것이다. 기부는 더불어 사는 세상을 만드는 데 기여한다. 우리 공존과이음은 이런 아름다운 기부의 플랫폼이 될 것이다.

2024.02.23.

3부

주경야독 晝耕夜讀

근면하게 일하고 독서하라

집콕일기와 함께

이곳 양구에 거주지를 옮기고 자주 손님을 맞이한다.

양구에 사는 지인들이 집에 오면 으레 하는 질문은 "도시에서 살다 산촌에 왜 들어왔는지?"이다. 이 질문에 대한 답을 구체적으로 하려면 시간이 필요하다. 그래서 그분들께 "내년 이맘때 에세이《양구일지》를 기다리세요."라고 말한다.

요즘처럼 농번기에는 손님이 오셔도 함께 담소를 나누는 시간이 제한된다. 그래서 멀리서 오신 손님분들은 밭일과 정원 일을 함께 하면서 담소를 나눈다. 그리고 함께 새참을 먹거나 차담을 한다.

이번 주에는 두 번의 오지 답사(중앙아시아 실크로드 탐방, 중국 동북지역 소수민족 탐방)를 했던 김신연 교수님 부부가 오셨다. 김 교수님은 우리나라에서 몇 안 계시는 다도(茶道)가이시다. 정년을 맞이했음에도 여전히 차(茶)실을 운영하시면서 차 문화에 대한 연구를 이어가신다. 김 교수님 부부는 서울에 집이 있으나 부군의 코미디 박물관 운영으로 인해 청도에서 사신다. 청도에서 여기까지 차로 오셨다. 다섯 시간 넘게 걸리는 거리를 와 주셨다. 차 전문가답게 차 나무와 차 씨앗을 가지고 말이다.

부군이신 김웅래 선생님은 한국 코미디계의 산증인이라 할 수 있는 유머 1번지 피디셨고, 퇴직 후 대학에서 수많은 개그맨을 양성하셨다. 코로나 상황에서 최근 페이스북에 썼던 〈집콕일기〉를 책으로 내었던 바로 그분이다. 그 책은 한 페이지 한 페이지가 웃음으로 가득 차 있다. 짧은 글 속에 위트와 유머가 가득 배어 있다. 그래서 웃을 수밖에 없다.

선생님께서는 실제 코로나 상황으로 집콕을 하시면서 집안이라는 한정된 장소에서 일어난 사건과 대화를 짧은 글로 정리했다. 이를 페북에 올렸더니 페북 친구들의 반응도 좋고 댓글도 많아 책을 낼 결심을 했다고 한다. 물론 페북 친구들의 댓글도 함께 수록해서 글의 공감대를 높였다고 한다. 역시 '개그 존엄'은 다르다. 힘들고 지친 일상을 웃음과 해학으로 전환하는 마술을 보라. 창의력을 담은 언어, 그 웃음 언어의 연금술은 과연 어디서 나올까?

여러분, 누군가를 작정하고 웃겨 본 적이 있는가? 최근에 나는 타인을 웃겨 본 기억이 없다. 꼭 유머를 써서 웃기지 않더라도 일상의 기쁨으로 웃을 수도 있는데 그렇지 못했다. 이제 《집콕일지》를 보고 남을 웃기는 공부도 해야겠다. 웃자. 함께 웃자.

일소일소(一笑一少) 일노일로(一怒一老)라는 사자성어가 있다. 한번 웃으면 한번 젊어지고, 한번 화내면 한번 늙는다. 이는 곧 웃을 때마다 그만큼 젊어지고, 화낼 때마다 그만큼 늙는다는 의미이다. 그렇다. 웃으면 젊어진다. 청춘 양구에서 웃자. 크게 웃고, 자주 웃자.

2022.07.16.

집콕
일기

첫 수확 옥수수 삶기

강원도 옥수수가 맛있는 건 세상이 다 아는 사실이다. 아직 옥수수의 진미를 모른다면 그는 음식을 맛으로 먹는 사람이 아니라 그냥 생존을 위해 먹는 사람이리라.

옥수수 농사는 어려운 편이 아니다. 옥수수 모종을 직접 키우기도 하지만 대부분 장날에 구입해 웬만한 밭이나 공터에 심어도 잘된다. 특별히 농약을 주어 관리할 필요도 없다. 그래서 작년에 이어 올해도 옥수수를 심었다. 텃밭에 심어 둔 옥수수를 매일매일 바라본다. 키가 커지고 옥수수 수염이 빼곡하게 나온다. 저 옥수수를 언제 먹을까?

옥수수의 수염이 누레지면 수확할 때가 된 것이다. 그래서 수염이 낙엽 색깔처럼 노래지기 기다리면서 언제나 옥수수를 딸까 했다. 마침 오늘, 날이 흐리고 산발적으로 비가 온다는 예보가 있어서 다른 일을 접고 옥수수 30개를 땄다.

옥수수는 볏과에 속한다는 것을 귀촌해서야 알았다. 옥수수가 정상적으로 자라면 높이는 2~3m가 된다. 대개 옥수수는 여러 개로 갈라진 뿌리계가 튼튼한 줄기 하나를 지탱한다. 약 15장인 잎은 줄기를 따라 자라고 꽃 부분은 수생식기관인 수이삭과 암생식기관인 암이삭으로 나뉜다. 암이삭에는 씨 낟알이 이삭대에 여러 줄로 늘어서 있고 열매는 7~10월에 익는다. 암이삭에 옥수수 낟알이 박혀 있고 이것을 수확하게 된다.

옥수수는 통째로 삶아 먹거나 낟알은 쪄서 먹기도 하고, 밥, 죽, 국수, 빵 등에 섞어 다양한 형태로 식용한다. 한국과 일본에서는 주로 사료로 쓰이나 다른 아시아 국가들에서는 중요한 식량자원으로 쓰이기도 한다. 옥수수는 한국에서 예로부터 강냉이, 옥수꾸, 강내미, 옥시기라 불려오고 있다. 양구에서는 흔히 옥시기라고 부른다.

중국은 옥촉서(玉蜀黍), 포미(包米), 포곡(苞穀), 진주미(珍珠米) 및 옥미(玉米) 등으로 불려 왔다. '옥수수'의 옛 표기가 실린 가장 오래된 기록은《역어유해》(1690)에 실린 '옥슈슈'이다. '강냉이'는《국한회화》(1895)에 '강낭이'로 표기되었다. 이는 해외를 뜻하는 '강남(江南)'에서 온 것이라는 설이 있다.

이제 옥수수를 땄으니 쪄먹을 준비를 했다. 불멍 피우는 곳에 양은 솥을 걸고 장작불을 피웠다. 옥수수는 껍질을 벗기고 수염을 제거한 후 솥에 차곡차곡 쌓고 물을 옥수수 양의 삼 분의 일을 부었다. 이후 불을 40여 분 때면 옥수수 삶은 향이 올라온다. 그전에 절대 솥을 열면 안 된다.

물론 이 옥수수 삶는 방법은 옆집 어르신의 코칭이다. 옥수수 맛은 설명이 필요 없다. 입속에 통통한 옥수수 알맹이가 터지며 고소하면서 훈훈한 냄새가 입안 가득 차게 된다. 옥수수를 입에 물면 행복해진다. 옥수수를 한 입 물었다고 생각해 보라. 이렇게 옥수수 익는 양구의 하루가 저문다.

2022.07.18.

메리골드 꽃 따기 계절

지금 농촌은 결실과 수확의 계절을 몸소 체험할 수 있다.

주변의 모든 농가는 말 그대로 농번기이다. 어제부터 나는 공존과이음 회원분들께 보내는 꽃차를 만들기 위해 메리골드 꽃을 채집하였다.

어제와 오늘 연이틀간 아내의 친구들이 꽃 따기 자원봉사자로 왔다. 이들이 일할 수 있도록 메리골드 꽃밭을 점거하였다. 꽃 채집은 올해 들어 네 번째이다. 우리 집 용옥재 정원과 꽃밭에는 모두 40여 종의 야생화들이 자기 모습을 뽐낸다. 정원에는 조금 키가 작은 야생화들, 채송화, 사계 코스모스, 해국, 달맞이꽃이 자리 잡고, 공원에는 백일홍, 황화 코스모스, 금와규, 금잔화, 맨드라미, 벌개미취, 엉겅퀴, 수국, 구절초 등이 있다.

웬만한 꽃은 모두 꽃차로 활용할 수 있으나 우리는 메리골드, 엉겅퀴꽃, 구절초, 들국화, 벌개미취꽃을 꽃차 재료로 사용한다.

우리 공존과이음의 주요 꽃차 중 하나는 메리골드이다. 메리골드는 봄부터 가을 서리가 내리기 이전까지 개화 기간이 길다. 초장은

15~90cm까지 다양하고 꽃의 색채는 주로 황색 또는 오렌지색이 있다. 그 밖에도 적색과 여러 색이 혼합된 경우가 있다. 본래 메리골드는 멕시코 원산으로 아프리카를 거쳐 유럽에 퍼졌는데 우리나라 산야에서 야생초처럼 자생하기도 한다. 프렌치 품종에는 만수국, 아프리카 품종에는 천수국이라는 별칭이 있기도 하다.

메리골드가 처음 개화할 때는 모두 성화가 되기 전에 꽃을 제거해야 한다. 그래야 다음에 나오는 꽃들이 튼튼한 정상적인 꽃으로 나타난다. 꽃을 따서 햇빛에 말리고, 건조기에 건조하고, 덖음용 프라이팬에 4~5차례 덖은 후 잠시 미온으로 잠재우기를 한다. 물론 이런 방법은 꽃마다 조금 다르게 적용하기도 한다.

이렇게 건조하고 덖은 메리골드 꽃을 뜨거운 온수에 3~4개 정도 넣어 3~5분 후 마실 수 있다. 메리골드는 눈 관리에 긍정적인 영향을 준다. 그 이유는 눈에 좋은 루테인, 지아잔틴이라는 성분이 다량 함유되어 있기 때문이다. 우리 가족들은 오후에 꼭 메리골드 차를 마치 보리차 마시듯 음용하는데 눈의 피로가 쉬 사라지는 경험을 했다.

참 자연은 어머니 같다. 무작정, 무한대로 내어주니 말이다. 그뿐만이 아니다. 메리골드 꽃은 특유의 향으로 벌레나 뱀이 꺼린다고 한다. 그래서 웬만한 전원주택 둘레에는 메리골드 꽃을 쉽게 볼 수 있다. 눈으로 보는 것만으로도 아름다운데, 우리의 눈도 밝게 해준다니 메리골드 꽃은 참으로 착한 아이임이 틀림없다.

우리가 알고 있듯이 현대인들의 안구는 장시간의 전자기기 사용, 미세먼지, 각종 유해 물질 등에 의해 크게 혹사당하고 있다. 메리골드가 함유한 성분들은 강력한 항산화력으로 체내 세포를 공격하는 유해한 활성산소를 제거하고 안구의 황반 건강을 개선해 준다. 황반은 시각세포 대부분이 밀집된 기관으로 나이가 듦에 따라 그 밀도가 서서히 감소한다. 그렇게 되면 각종 노인성 안질환이 발생하게 된다. 메리골드 꽃차는 황반 색소 밀도를 일정하게 유지하여 시력 손상과 백내장, 황반 변성 등을 예방한다. 이외에도 암세포 성장 억제, 피부 미용, 소화기 강화 등의 효능을 보인다.

우리 집 꽃차 밭에 메리골드 꽃은 약 7종 정도이다. 그런데 꽃차용으로는 꽃이 큰 겹꽃보다는 작고 아담한 홑꽃이 유리하다. 꽃잎보다 꽃을 지탱하는 꽃 본체에 영양분이 있다고 한다. 홑꽃이 겹꽃보다 향과 맛이 좀 나은 것은 아마, 꽃 본체의 부피가 크기 때문인 것 같다.

눈을 위한 영양제를 구입해 먹는 것보다 여름 내내 뜨거운 햇빛을 꽃방에 차곡차곡 담아둔 메리골드 차를 마셔보자. 환해진 눈으로 세상이 달리 보일 것이다. 2022.09.24.

국토정중앙 양구와 공존의 소리

지난주 금요일은 사단법인 공존과이음에 귀한 손님들이 오셨다.

이분들은 법인에서 정기적으로 진행하는 온라인 다문화시민 인문학 강좌 〔공존 On Talk〕의 강연자와 토론자분들이다.

평소 연구자 멘토로서 내게 실천적 학자로 이끌어주신 안동대 임재해 명예교수님과 인하대 김영 명예교수님을 초청하였다. 아울러 조성민 한국교원대 명예교수님, 박충구 감신대 명예교수님, 정종훈 연세대 신대원 교수님, 김근수 해방신학연구소 소장님이 함께해주셨다. 오정미 인하대 연구교수님의 사회로 진행된 〔공존 On Talk〕 4차 포럼은 2개의 발제와 종합토론으로 이루어졌다.

첫 번째 발제는 임재해 교수님(안동대 명예교수)이 "공존의 생태학적 인식과 인간종 다양성 시대의 소통과 구상"을, 박충구 교수님(감신대 명예교수)이 "편견과 차별의 제거: 공존의 과제"를 발표하였다.

임재해 교수님은 우리 법인의 공존 사상을 인간-기계 관계에까지 확대하여 말씀하셨다. 최근 벌어지는 자원 남발과 난개발, 지구 온난화 등으로 인해 인류의 생존이 위협받고 있음을 지적하였다. 나아

가 AI의 발달로 휴머노이드(인간형 로봇, 전자인간)가 인간을 지배할 수 있음을 경고하였다. 발제자는 이러한 위험성을 극복하기 위해 자연의 생명권을 인정하면서 자연과 인간이 공존하는 길을 찾아야 한다고 주장하였다. 이를테면, 휴머노이드에게 인격권을 부여함으로써 그들과 공생해야 함을 강조했다.

정종훈 교수님은 독일의 정치교육에 관한 사례를 중심으로 다양성을 인정하는 방법, 토론과 비판의 문화 등을 중심으로 민주주의를 지탱하는 시민윤리를 말씀하였다. 특히 민주주의에서 교육은 지속 가능한 미래를 이어주는 매우 중요한 기제임을 강조하고, 한국 교육의 문제와 한계를 지적했다. 나아가 편견과 차별 제거를 위한 공감, 공유, 공생, 공명, 공동선 등의 방향을 제시해 주었다.

두 개의 발제 모두 공존과이음 법인이 추구하는 인간 자체, 인간 대 인간, 인간 대 자연의 공존에 관한 것이고, 인류세를 넘어 인공지능과 같은 기계와의 공존을 고려하는 도전적인 과제임이 분명하다. 무엇보다 국토정중앙 배꼽마을 강원도 양구에서 공존을 주제로 한 포럼을 열었다는 것이다. 양구가 '금강산 가는 길'을 넘어 평화와 공존으로 가는 길임을 천명했다는 데 이번 포럼의 의의가 있다.

이 행사에 나의 학문적 멘토이신 임재해 교수님과 김영 교수님이 참여도 했지만, 주선도 해주었다. 무엇보다 멘티인 나의 학문수행 현장을 방문해 주신 데 대해 너무 감사드린다. 아울러 함께해주신 조성민, 박충구, 정종훈, 김근수 교수님께도 심심한 감사 인사를 올린다.

사단법인 공존과이음은 200여 명의 회원과 5개 기관이 후원하는 시민단체로 성장하고 있음을 알리고 싶다. 여러분의 응원과 격려를 통해 '공존'과 '이음'을 만날 수 있는 시대가 되었으면 한다.

2023.05.19.

평생학습도시 '양구'에서 함께 배우다

국토정중앙 강원도 양구가 평생학습도시라는 것을 아는 사람들은 많지 않다.

평생학습도시란 교육학에서는 학교교육이란 '페다고지'와 대비되는 성인교육 개념 '안드라고지'를 실천하는 도시를 의미한다. 우리나라에서는 평생교육법 제15조에 규정된 내용으로, "국가는 지역사회의 평생교육 활성화를 위하여 특별자치시, 시 · 군 및 자치구를 대상으로 평생학습도시를 지정 및 지원할 수 있다."라고 밝히고 있다.

평생학습도시는 개인의 삶의 질 제고와 도시 전체의 경쟁력 향상을 위해 주민 누구나 원하는 학습을 즐길 수 있는 학습공동체가 형성된 도시라고 볼 수 있다. 현재 전국의 기초지자체(226개)의 86.3%인 195개가 평생학습도시로 지정돼 있다. 그러나 지역의 여건을 반영한 프로그램을 운영하는 지자체가 많지는 않다.

한반도에서 도서지역을 제외하고 내륙에서 가장 작은 지자체라고 볼 수 있는 양구군은 나름 인문 및 자연환경을 반영한 평생학습도시 프로그램을 운영하고 있다. 3년 전 평생학습도시로 지정된 이래로 양구군은 한반도 서단에 있는 인하대학교와 동단에 있는 강원대학교와 함께 평생학습도시 협약을 맺고 공동 교육포럼을 운영하고 있다. 국토정중앙 양구와 동서에 위치한 대학교들이 함께 운영하는 포럼이 올해가 두 번째 해이다.

무엇보다 양구에는 어느 지자체에도 없는 인문학박물관을 가지고 있다. 김형석-안병욱 철학의 집이 인문학박물관에 있다. 이곳에서 2차 동서평생학습도시 포럼이 열렸다. 서흥원 양구 군수님은 인사말에서 "양구는 곧 개통될 동서고속철도가 관통하는 지역으로, 양구에 오면 10년 젊어지는 생태환경 도시이자 평생학습도시로 준비하고 있다."라고 밝혔다. 정말로 이곳 양구는 2028년에 철도가 개통되어 서울에서 이곳까지 1시간 30분이면 도착할 수 있다. 양구는 교통의 혁신을 맞아하여 인구소멸을 방지할 수 있는 매력적인 평생학습 프로그램을 모색해야 할 것이다.

이번 포럼에서 나는 '지방자치단체의 ESG와 글로컬 평생학습의 방향'에 대해, 강원대 유강하 교수님은 '한 공동체의 흥성과 쇠락에 대한 허구적 보고서'라는 내용으로 기조발표를 하였다. 이어 가족센터 상호문화실천 프로그램, 인문케어 프로그램 개발연구, 양구군 고령자 치매 예방 인문융합치료 프로그램 개발, 지역청소년을 위한 심리정서지원 및 진로개발 프로그램 등에 대한 4편의 발표와 지정토론, 종합토론이 이어졌다.

함께 공부하는 것은 즐겁고 행복한 일이다. 특히 같은 분야를 연구하는 분들을 만나면 학문적 자극도 받고 아이디어를 얻는다. 내가 사는 양구는 이렇게 학회나 세미나, 워크숍 하기에 아주 적합한 조용

하고 깨끗한 평생학습도시이다. 다음 해 3차 동서평생학습포럼은 좀 더 규모를 크게 하여 평생학습 포럼을 기획하고자 한다.

안드라고지를 연구하는 많은 연구자가 내년 이맘때쯤 국토정중앙 양구에서 만났으면 좋겠다.

2023.05.19.

리틀 박수근 프로젝트의 시작

그림을 좀 아시는 분들에게 박수근 화백은 친숙한 이름이다. 그런데 박수근 선생님의 고향이 이곳 양구라는 것을 아시는 분은 그리 많지 않다.

내가 사는 곳은 박수근 미술관과 얼마 떨어지지 않은 곳, 박수근로 35번길이다. 양구에는 박수근 화백을 기념하기 위한 도로명이 있다. 그뿐만 아니라 큰 도로 주변 혹은 아파트단지의 벽 등에서 박수근의 〈아기 업은 소녀〉와 같은 그의 그림을 볼 수 있다.

우리 (사)공존과이음에서는 이틀간 리틀 박수근 프로젝트를 진행했다. 이 프로젝트는 양구에 거주하는 다문화 배경 청소년, 드림스타트 가정 청소년과 일반 가정 청소년 15명을 대상으로 하고 있다. 특히 다양한 계층을 통합하여 클래스를 운영하는 것이 장점이다. 이 프로젝트는 8개월간 10회차 활동으로 운영되며, 별도로 방학 중 모두 4일간 캠프가 진행된다. 1일 2.5회차씩 운영하니 모두 10차시가 된다. 따라서 리틀 박수근 프로젝트는 모두 20차시의 프로그램이다. 내용은 그림 그리기와 스토리텔링을 통한 자기를 표현하고 타자와 소

통하는 것을 중심으로 삼았다. 우리 공존과이음의 정신인 '더불어 살아가기'가 프로젝트의 핵심이다.

학기 중에 매달 2회(1회는 비대면, 1회는 대면)씩 이 프로그램을 진행하는 강석태 작가가 그리기 교실을 담당하고, 공존과이음의 봉사자들이 스토리텔링을 지도한다. 참여한 학생들의 작품은 2024년 어린이날 주간에 양구 어린이 미술관에 전시될 예정이다.

물론 지난 어린이날 전시회를 가졌던 학생 중 수상자들이 대부분 이 프로젝트에 참여하고 있다. 지난 6월 8일 양구 가족센터에서는 지난 5월 5~7일간 전시했던 작품들에 대해 좋은 평가를 받은 다섯 명의 아동들에게 시상식을 진행했다. 수상자들에게 부상으로 여름방학 중 수도권 대학을 탐방할 수 있는 기회를 준다. 국토정중앙 양구의 어린이들에게 꿈을 만들어 주는 공존과이음의 '리틀 박수근 프로젝트'를 위해 무한한 응원을 보내주시면 좋겠다.

2023.06.15.

풀멍과 물멍의 즐거움

풀멍과 물멍이 도대체 무엇일까?

풀 때문에, 물 때문에 멍이 든 것을 말하는 것인가? 틀렸다. 풀멍은 잡초(풀)를 매면서 멍 때리는 것이고, 물멍은 정원의 화초와 나무, 밭에 작물 등에 물을 주면서 멍 때리는 것을 의미한다. 마치 "정신일도 하사불성(精神一到 何事不成)"이 떠오른다.

이 사자성어들은 정신을 한 곳에 집중하면 어떤 일이든 이룰 수 없는 일이 없다는 뜻이다. 다시 말해 어떤 목표를 이루기 위해서는 정신을 한 곳에 집중해야 함을 의미한다. 그런데 그게 참 쉽지 않다.

일단 목표 외에는 쓸데없는 데 관심을 끊어야 한다. 학문수행을 하는 데 독서와 사색, 토론과 대화, 글쓰기 등이 주요 활동이다. 그 이외에 다른 일들을 뒷순위에 두거나 양보해야 제대로 된 학문수행을 할 수 있는 것이다.

또한 불필요한 감정이 발생하는 것을 방지해야 한다. 분노, 슬픔, 불안, 창피, 기쁨 등등. 물론 우리는 인간이기 때문에 감정을 아주 배제할 수는 없다. 따라서 될 수 있으면 긍정적인 감정들만, 그것도 점

진적으로 느끼도록 조절해야 한다. 감정 기복이 크게 나타나면 쓸데없이 에너지를 낭비하게 된다. 이런 측면에서 자기조절은 안정적인 감정 상태가 유지되는 데 필수적이다.

갈등으로 인해 감정 조절이 실패될 가능성이 있다. 그래서 갈등이 발생했을 때 인간관계에서 일어날 수 있는 당연사라고 생각하면서 단순하게 접근할 필요가 있다. 갈등은 긴 시간과 많은 에너지를 잡아먹어 학문수행에 걸림돌이 될 수 있다.

요즘 가장 큰 과업은 김을 매는 것과 물을 주는 일이다. 다행히 어제 비가 내려 며칠간 물을 주지 않아도 된다. 그런데 풀을 매는 것, 물을 주는 것에다가 풀멍과 물멍이란 줄임말을 붙인 이유는 무얼까? 이는 풀을 매다가, 물을 주다가 무아지경까지 다다르기 때문이다. 우리가 청소하거나 세차하고 난 후 느끼는 감정, 이를테면 청소 전과 후, 세차 전과 후에 우리는 쾌감을 느끼게 된다. 풀멍의 경우 정원이나 텃밭에 잡초들을 제거하면서 작업에 몰입하게 된다. 이상하게도 정신이나 행동이 몰입되면 머릿속에 찌꺼기 같았던 잡념들이 다 날아가 버린다. 그래서 흔히 '스트레스'라고 불리는 것들이 없어지기에 정서적으로 도움이 된다.

물멍도 마찬가지이다. 여름밤 한 번이라도 화초에 물을 준 경험이 있는 사람들은 다 알 것이다. 그 시원한 물로 인해 작물이 기뻐하는 것을 볼 수 있고, 뿌려지는 물소리에 귀가 즐거울 수 있다. 마치 시원한 폭포 앞에 서 있는 착각을 불러일으킬 정도로 말이다.

전원생활을 해보신 분들은 '풀들과의 전쟁'을 경험해보았을 것이고 적어도 내가 경험한 풀멍 혹은 물멍에 대해 공감하리라 본다.

풀 매는 것, 물 주는 것은 단순한 노동이지만 값비싼 레포츠보다 힐링이 된다. 그래서 풀멍과 물멍은 불멍 못지않은 멍 때리기의 최상급이 아닐까 한다.

2023.07.01.

옥수수 꽃을 보셨나요

강원도 특히 영서 지역 중에서 양구, 인제, 화천은 산지가 많아 구황작물인 감자, 고구마 등이 많이 생산된다. 그래서 강원도 사람을 통칭할 때 '감자바우', '비탈' 등으로 불린 적이 있다.

그렇다. 내가 사는 양구는 평야가 드물어 논농사보다는 밭농사가 주도적이다. 아마 그럴 것이 산지가 많아 예전에 산과 언덕에 불을 놓아 밭을 만들었다. 이를 '화전(火田)'이라 했고, 화전을 하는 분들을 화전민이라고 했다. 그래서 양구에는 비탈밭들이 많다.

대학을 다닐 때 우리 학과에서 자기소개 하는데 내가 강원도 출신이라 했더니, 대뜸 서울 태생의 여자 동기생이 내게 "너는 어렸을 때 감자만 먹었겠지."라고 단정 짓는 것이었다. 왜 강원도 사람들을 감자바우나 비탈이라고 불리는지 이제야 알 것 같다.

비탈진 밭에 적합한 작물은 감자, 고구마, 들깨, 참깨, 메밀, 콩, 팥 등이다. 아울러 오늘 글의 소재인 옥수수도 이에 포함된다. 모두 척박한 땅에서도 잘 성장하는 특성이 있다.

작년에 이어 올해에도 옥수수를 300주를 심었다. 1주에 두 개 정도의 옥수수가 달린다. 300주면 대략 600개의 옥수수 수확을 기대할 수 있다. 옥수수는 따서 바로 '삶아' 먹어야 신선하고 감칠맛이 난다. 그런데 동시에 300주에서 옥수수를 수확한다면 과잉 공급이 되는 셈이다. 그래서 2주 간격으로 100주씩 심었다. 2주씩, 세 차례 걸쳐 수확할 수 있기 때문이다.

강원도에서는 옥수수를 찌지 않고 삶는다. 말 그대로 솥에 옥수수를 넣은 후 옥수수가 잠길 정도로 물을 넣고 삶는 것이다. 수증기를 이용하여 '찌는' 도시의 방식과 사뭇 다르다.

그런데 옥수수를 언제 딸까 궁금할 것이다.

옥수수 수염은 알고 있을까?

물론 옥수수 수염으로 차를 만들기도 하니까 많은 분이 옥수수 수염을 알고 있다. 그런데 옥수수에 꽃이 핀다는 사실은 정말 잘 모를 것이다. 옥수수 대에 옥수수가 생길 무렵 꽃이 핀다. 그 꽃이 누렇게 되면 옥수수 수염도 짙은 커피색으로 변해 간다. 그때 옥수수를 따는 것이 정상적인 수확인 셈이다.

식물 대부분은 자신의 결실을 특정한 시그널로 표시한다. 옥수수 꽃은 옥수수가 열매로서 분리될 수 있음을 알려주는 시그널이다. 이 시그널을 인지하면 바로 옥수수와 옥수수 본체인 옥수수 대와의 연결을 해체해도 된다. 만약 그대로 두면 옥수수 열매가 딱딱해져 새나 동물의 먹이가 된다.

우리 옥수수밭에 1차로 심은 옥수수들이 꽃을 피웠다. 최소 2주 이내로 햇옥수수를 먹을 수 있는 즐거움을 상상해 본다. 이런 즐거운 상상이 노작의 피곤함도 잊게 만든다. 2023.07.01.

들냥이의 새로운 가족

고양이는 모든 고양이들의 통칭어이다.

집고양이가 아닌 경우 길냥이 혹은 들냥이 등으로 불린다.

집고양이는 반려자가 이름을 지어주기에 고양이라 불리지 않고 '나비' 같은 특정 이름을 부른다. 대개의 많은 고양이가 나비와 같은 이름을 갖고 있다. 나비 말고 그 고양이의 특성에 맞는 이름을 지으면 어떨까?

우리 공존과이음은 지난해부터 집 주변을 배회하는 들냥이 한 마리에게 늘 사료와 물을 주었다. 지난달 그 녀석이 무엇을 많이 먹었는지 복부비만이 되어 나타났다. 그래서 그 녀석에게 줄 사료를 줄였다. 사료를 덜 주면 들에서 사냥하고 그러면 운동하니 비만도 줄어들 것이라고 생각했다. 그런데 이것이 멍청한 인간의 생각이었다. 이것을 보면 나란 인간은 학문수행만 할 줄 알았지, 많은 부분에서 엉성함이 있는 아재임을 증명한다.

학교에 일이 있어서 5일 정도 집을 비워야 해서 동네 후배에게 고양이 사료를 줄여서 주라고 일렀다. 그 후 일주일이 지나 집에 돌아

오니 녀석의 살이 완전히 빠져 있는 것이었다. 일순간 녀석이 아파서 사료를 못 먹었나 하는 미안함을 느꼈다. 그런데 그게 아니었다. 집 주변 창고 귀퉁이에 귀여운 아기고양이 두 마리가 있는 것이었다.

그러니 내가 고양이를 오해한 것이다. 임신한 고양이의 배부른 모습을 나는 비만으로 판단했으니 말이다. 사료와 물을 충분히 주었어야 하는데 오히려 비만으로 오해해 사료를 줄인 것에 대해 스스로 민망해했다.

원래 들고양이들은 자신의 새끼를 잘 노출시키지 않는다고 한다. 주변에 천적이 많으니 일정 기간 성장할 동안 은닉시키는 편이다. 그런데 우리 정원과 집이 편한지 자연스럽게 데리고 다니고, 아예 사람을 봐도 별로 피하는 기색도 없다. 아마 이 고양이 가족들이 집고양이가 '될 결심'을 했나 보다.

아직 새끼 고양이들은 사람을 보면 기겁하고 숨어버린다. 그 모습이 어찌나 귀여운지 모른다. 사진으로 담으려고 접근하면 휙 하고 숨어버리기도 한다.

내게 숙제가 생겼다. 이제 이들이 우리와 공존하려고 마음먹었으니 야생으로 돌려보내지 말고 이들에게 이름도 지어주고 제대로 함께 살 수 있도록 준비해주어야겠다.

들냥이를 통해 크게 배움을 얻었다. 우리가 마음을 내주면 야생의 고양이도 공존할 수 있다는 것을 말이다. 고양이가 있으니 정원에 벌레, 달팽이, 개구리, 뱀 등의 서식이 제한된다. 고양이가 집에 온 이상 환대하기로 했다. 무어라 이름을 지어야 할까 모르겠다. 그것도 세 마리씩이나 말이다. 2023.07.11.

농사일의 필수품, 장갑

장갑이란 단어에는 이미 '보호'라는 개념이 장착되어있다. 대표적인 단어가 '장갑차'인데, 차에 장갑을 두른 것 같은 방어막을 지닌 차를 이른다.

그래서 장갑을 낀다는 것은 신체 일부인 손과 손가락을 위험으로부터 보호하는 행위인 셈이다. 이 장갑이 추위에서 손을 보호하는 것만이 아닌 농사일에서도 손을 보호하는 장구라는 것을 알 수 있다. 농사를 좀 지어본 분들은 내 말에 대해 100퍼센트 공감이 갈 것이다.

농사일에 주로 사용되는 장갑은 일반 목장갑, 즉 흰색 장갑과 달리 섬유로 구성된 장갑이다. 한쪽 표면에 고무와 같은 보호 물질인 루블럭 처리한다. 이를 일명 빨간 장갑이라고 한다. 어쨌든 이 장갑은 정말 농사일에 필수적이다.

이 장갑을 생산하는 동문상사에서 우리 사단법인 공존과이음에 500켤레 정도의 장갑을 기부해주셨다. 동문상사는 공존과이음 후원기업이다. 사실상 얼마 안 되는 물량이니 쑥스럽다고 기부 사실을 알리지 말라고 했다. 그렇지만 이 장갑을 끼는 분들께도, 또한 공존과이

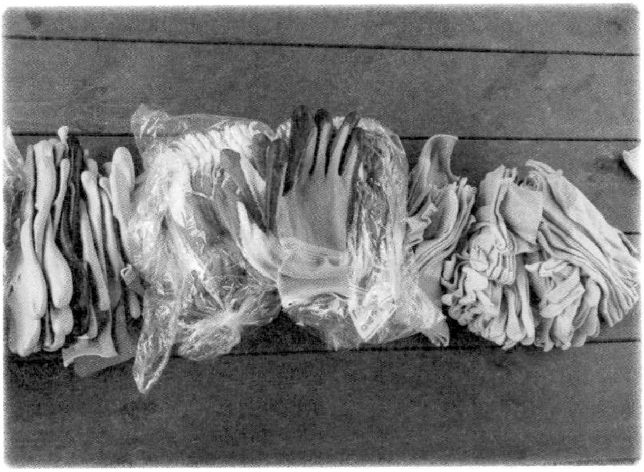

음 회원분들께도 아름다운 소식을 공유하고 싶어서 소개한다.

오늘 기부품인 빨간 장갑을 나누는 행사를 가졌다. 우리 마을의 독거 어르신 가정과 독신 농군분들을 우선으로 찾아가 전달했다. 모두 필요한 물품이라며 좋아들 하셨다. 장갑이 거친 일에 취약한 우리의 손을 보호하듯이 우리 공존과이음은 주변의 불우한 이웃들을 돕고자 한다. 힘들고 가난하고 집 진 그들과 함께 공존하고자 한다.

이분들께서 "농사일할 때 가장 필요한 게 장갑인데… 이게 가장 좋은 선물이야"라고 하시면서 행복한 미소를 짓는다. 그대는 참으로 살기 어려운 분들의 미소를 본 적이 있는가. 나는 이들이 오랫동안 건강하시어 자신의 텃밭을 아름답게 가꾸길 희망한다. 가꾸는 마음속에서 건강한 희망이 되살아나기를 소원한다. 우리 공존과이음은 그들을 보호하는 장갑이 될 수 있을 거란 믿음도 갖는다. 2023.08.21.

잡초와의 전쟁 중

프랑크푸르트에 학술회의가 있어서 지난 7월 중순부터 약 보름간 유럽을 다녀왔다. 그리고는 8월 초부터 지금까지 나는 잡초와의 전쟁 중이다. "가지 말걸" 혼자 독백하며 후회 중이다.

출국 전에 매주 1회 정원과 꽃밭과 텃밭의 잡초들을 주기적으로 관리했다. 말이 관리지 그냥 뿌리부터 뽑아버리는 것이다. 잡초를 제거하는 방식은 ① 두꺼운 장갑을 끼고 그 손으로 잡초를 잡아당겨 뿌리째 제거하는 것, ② 도구 즉 호미나 잡초 제거용 도구를 사용하여 뿌리 또는 그 상단 부위를 절제하여 제거하는 것, ③ 낫으로 뿌리 이상 상단부를 베어내는 것, ④ 제초제를 뿌리는 것이다.

우리 (사)공존과이음에서는 친환경 농업을 실천하기에 ④번 방식은 고려하지 않고 있다. 이 방식은 정원과 밭에 과실 나무에 벌레가 생기거나 잎마름병 발생 시만 긴급하게 사용해 왔다.

그런데 해외 출장을 나가기 전에 그렇게 오지 않던 비가 해외 체류 기간 내내 2주간 비가 잔인할 정도로 온 모양이다. 돌아와 보니 각종 잡초가 군락을 이를 정도로 작물을 제치고 올라와 있는 것 아닌가.

나는 기겁을 하고 귀국일부터 지금까지 매일 잡초 제거 작업을 ③번 방식으로 행하는 중이다.

날이 더워 일하는 시간이 하루 고작 5시간 정도뿐이 안 된다. 아침에 6시부터 8시 30분까지 아침 작업, 이후 날이 폭염이라 일을 할 수 없다. 저녁에 5시부터 7시 30분까지 작업을 할 수밖에 없으니 일이 더딜 수밖에 없다. 특히 봄에 밭일해주시던 독거 어르신들께 잡초 제거 작업을 부탁할 수 없는 것은 폭염 때문이다. 젊은 사람들도 폭염에 일하다가 쓰러지는 등의 경우가 있는데 어르신들에게는 무리할 것 같아서이다.

이상하다. 이 제초작업이 참으로 정신을 맑게 한다. 마치 혼돈으로부터 '정화', '정리', '정돈'으로 인한 심리적 긍정감을 갖게 하니까 그런 것 같다. 잡초 입장에서는 아무 죄도 없이 제거당하는 데 억울함이 있을 거 같다. 대부분 아시겠지만, 대중가요 중 나훈아가 부른 '잡초'라는 노래가 있다.

아무도 찾지 않는 바람 부는 언덕에
이름 모를 잡초야
한 송이 꽃이라면 향기라도 있을 텐데
이것저것 아무것도 없는 잡초라네
발이라도 있으면은 님 찾아갈 텐데
손이라도 있으면은 님 부를 텐데
이것저것 아무것도 가진 게 없어
아무것도 가진 게 없네

사실 잡초는 노래 가사처럼 아무것도 가진 것이 없다. 이름도 향기도 없는 그래서 잡초라고 불린다. 그런데 이들의 다양성은 대단하다. 잡초가 각양각색이라는 이야기이다. 일단 이들의 공통된 특성은 번식력이 강하다. 아마 그 이유는 사람들에 의해 작물로 재배되지 않으니 언제 제거될 줄 몰라 더욱 생존 의지를 갖기 때문이 아닐까 한다. 그런데 가만히 보면 잡초도 그만의 역할이 있는 것 같다. 잡초는 땅을 섬유화시켜서 표토층을 보호하는 역할을 한다. 아울러 토양의 건조를 지연시키고 황폐화를 막아준다. 그러니 잡초는 제거당하지 말아야 하는데, 나는 오늘도 수많은 잡초를 꽃밭과 들깨밭에서 제거했다. 미안하다 잡초야…를 되뇌면서 말이다.

잡초의 유익설을 접하고 보니 이제 잡초를 모두 제거하기보다는 일정 분량을 남겨두어야겠다는 생각을 잠시 해본다. 내게 오늘은 잡초와의 공존을 생각하는 하루였다. 2023.08.22.

국토정중앙 청춘양구 배꼽축제

"양구에 오시면 10년 젊어집니다." 이 문구를 아는 분들은 양구 방문 경험이 있으신 분들이다.

춘천을 지나 양구로 들어오는 국도에 확연히 눈에 들어오는 설치물에 이 문구가 부착되어 있다. 맞다. 양구는 산 좋고, 공기 좋고 물이 좋다. 소양강 댐 등 수도권의 상수원 보호구역으로서 공장이 없고 인구도 적기 때문에 말 그대로 청정 그 자체이다.

이런 양구가 국토정중앙이란 사실은 이미 이전의 글에서 자세히 이야기했다. 국토정중앙을 홍보하고 이를 지역의 정체성으로 삼기 위해 양구군은 '국토정중앙 청춘양구 배꼽축제'를 매해 개최한다. 올해는 '2023 국토정중앙 청춘양구 배꼽축제'가 9월 1일부터 3일까지 양구읍의 레포츠공원 일원에서 열린다.

이번 축제의 주제는 '오감이 즐거운 국토정중앙 청춘양구 배꼽오락 페스타'이다. 각종 공연과 행사, 홍보 및 전시, 먹거리 등 주민과 방문객들의 오감을 자극하는 다양한 프로그램으로 진행된다. 축제 기간 여성 프로 마칭밴드인 퀸즈 밴드, 아프리카 타악 그룹 아냐포, 타

악 퍼포먼스그룹 잼스틱 등이 축제장 일원에서 퍼레이드를 펼친다.

축제 첫날에는 나상도, 김수찬, 진혜진, 요요미, 박현빈 등이 개막 축하 콘서트를 열고, 둘째 날에는 육중완 밴드, 경서예지, 포지션이 출연하는 배꼽 콘서트와 국악 밴드 더튠이 출연하는 국악 공연이 열린다. 마지막 날에는 인치엘로, 아리엘 등의 팝페라 공연이 이어졌다.

또한 변사와 함께하는 무성영화 〈검사와 여선생〉이 상영되며, 어린이 가족 뮤지컬 〈가방 들어주는 아이〉 공연, 찾아가는 영화관 등 어린이와 가족 단위 방문객을 위한 프로그램도 준비되어 있다.

부대 행사로 버블쇼와 문어 물총 만들기, 소규모 버스킹 공연, VR 게임, 익스트림존 등 다양한 체험도 마련돼 있다. 축제장 체험 5가지를 즐긴 후 스티커를 모두 모든 관광객에게 인형을 선물로 주는 이벤트도 진행된다.

또한 양구에 왔다가 꼭 가볼 곳은 박수근 미술관, 금강산 가는 길-두타연, 파로호 출렁다리, 국토정중앙 천문대, 한반도 섬이다. 국토정중앙 청춘양구 배꼽축제에 오게 되면 볼거리, 먹을거리, 놀거리, 배울 거리 가득한 양구를 경험하게 된다.

조금 아쉬운 것은 국토정중앙 배꼽의 상징성을 내포한 축제가 이루어지고 이 콘셉트가 축제의 정체성을 만들었으면 하는 바람이 있다. 축제 첫날 이름난 게스트 초청에 상당한 액수의 돈이 들어간다.

누가 양구까지 가수 공연을 보러 오겠는가? 나는 국토정중앙 청춘양구 배꼽축제에 다음과 같은 행사를 제안한다.

첫째, 지속적으로 국토정중앙 배꼽을 증빙하는 학술대회가 필요하다. 국토정중앙이라는 개념뿐만 아니라 펀치볼, 용늪, 두타연 등은 학술적으로 조망받을 수 있는 소재이다. 여기에서 양구학이라는 지역학을 정립할 수 있다. 이 행사에는 지리학자, 지질학자, 민속학자 등의 참여가 쇄도할 것이다.

둘째, 배꼽 양구가 스포츠 중심 도시이기 때문에 스포츠 축제의 가능성을 지닐 수 있다. 대암산, 봉화산, 사명산 등을 연결한 트레킹 대회, 파로호 주변의 맨발 걷기 대회 등을 개최할 수 있고, 파로호에서 낚시 대회를 비롯하여 각 스포츠 행사장에서 관련 대회를 할 수 있다.

셋째, 양구가 평생학습도시이기 때문에 시민들의 학습동아리가 다양하다. 이 학습동아리에서 나온 결과물을 전시하는 것도 시민 참여 지향적 축제를 만들 수 있다.

넷째, 양구에서 생산하는 각종 특산품과 약초, 수공예 제품 등을 전시하고 판매하는 수익 지향적 축제도 기획할 수 있다.

앞으로 국토정중앙 청춘양구 배꼽축제가 다른 지역에서 경험할 수 있는 축제의 일반적인 행사를 넘어서 국토정중앙 양구의 정체성을 담은 이벤트가 기획되기를 바란다. 2023.09.01.

정원 안에서 타자를 만나다

내가 사는 국토정중앙 양구 박수근로에 있는 집에는 안마당 꽃밭, 뒷마당 꽃밭, 정원 그리고 메리골드 꽃밭, 그리고 작물을 가꾸는 텃밭이 있다.

오늘은 정원의 이야기를 할까 한다. 지난 학기는 안식 학기이어서 텃밭 일과 정원 일에 몰두할 수 있었지만 이제 개강이 되어 그간 2주 정도를 돌보지 못했다.

우리 정원에는 50여 종의 화초와 30여 종의 나무들이 함께 살고 있다. 대부분의 화초와 나무들은 발육이 어느 정도 수준이 되어 정적이라서 점잖다. 오늘 이야기하려 하는 관목 종류인 '플라밍고 셀렉스'라는 녀석은 매우 성장과 발육이 빠르다. 거의 2주에 한 번꼴로 이발을 해주어야 한다. 정원작업에서 '이발'이란 정전작업(가지치기)의 현장 용어다.

플라밍고 셀렉스는 버드나무 계라서 약간 습지가 있는 곳에서 상당히 빠른 속도로 자란다. 색깔이 삼색(녹색, 백색, 분홍색)이라서 삼색 버드나무라 불리기도 한다. 네덜란드에서 수입해서 번식시킨 나무

라고 하는 데 부지런한 정원사를 만나면 빛나는 나무가 되는 수종으로 알려져 있다. 요즘 내가 이 나무에 관해 깊이 연구하고 있다. 가지치기를 두 가지 타입으로 진행하여 각기 다른 수종으로 관리하고 있다. 외대형과 다대형으로 말이다. 외대형은 말 그대로 주 가지를 하나로 하고 수형을 동그랗게 만드는 것이다. 다대형은 여러 셀렉스 나무를 군집으로 수형을 잡아 울타리로 만들거나 특정한 모양새를 내게 하는 것이다. 이 셀렉스 나무를 아름다운 수형으로 키우기 위해서는 참으로 부지런해야 한다.

정원작업을 하면서 갑자기 느낀 것은 "타자에게 환대하라."라는 레비나스의 언명이다. 레비나스에 의하면 타자는 내 테두리 밖에 있는 존재이기에 '낯선 자'이지만 내 옆에 붙어 있고 항상 나에게 다가온다고 한다. 그런데 타자가 꼭 사람이라고 하지 않았다. 정원 안에 있는 모든 살아 있는 것들은 타자이며, 그 타자는 '이웃'인 셈이다. 레비나스는 항상 타자의 호소에 대한 응답은 곧 책임이라고 강조한다. 나는 내가 무언가를 소유하고 우리의 테두리가 있으니까라고 생각하면 타자와의 관계는 끊기고 자신은 테두리 안에 매몰된다. 레비나스에 의하면 이것은 죽은 삶이기에, 이에 유일한 소통은 '응답'하는 것이라고 한다. 내 집 밖의 타자를 내 집에 맞아들이는 것 이것이 환대이다. 이 환대야말로 우리 삶의 근본적인 자세라고 언급한다. 그런데 내 정원에 존재하는 살아있는 것들을 환대하는 것은 당연한 것이다.

레비나스의 환대는 무조건적 환대이다. 마치 부모가 자식에 대한 무조건적인 지원과 같다고 볼 수 있다. 레비나스는 타자를 환대해야 하는 근거를 다음과 같이 말한다. 내가 태어난 이 세상 안에서 내 집이 나를 받아주는 것처럼 안락함으로 받아주는 세계가 있기 때문이라는 것이다. 그렇듯이 타인을 받아주어야 한다고 말한다.

아, 나는 오늘 정원에서 셀렉스 나무의 가지를 치면서 레비나스의 환대 개념을 깨달았다. 내가 타자로서 셀렉스 나무를 돌보고 환대하는 것이 정원을 가꾸는 나의 윤리임을 알았다. **2023.09.08.**

넉넉함을 느끼는 양구의 가을

양구의 가을이 깊어간다.

우리 공존과이음의 꽃밭에는 구절초가 흰색의 꽃을 우아하게 드러내고 있다.

낮과 밤의 기온 차이가 거의 10~15도 이상 차이가 나서 양구의 오곡백과는 향이 짙고 맛도 뛰어나다. 꽃도 채도가 높고 꽃차의 향도 또한 깊다.

지난주와 이번 주 주말 모두 가을걷이와 아울러 겨울 준비가 한창이다. 들깨 수확을 위해 들깨를 베었고, 생명이 다한 메리골드 꽃대들과 백일홍 꽃대들을 제거하여 퇴비장에 쌓았다. 또한 도라지 씨를 받기 위해 도라지 대를 낫으로 제거하고 씨를 채집하였다. 채집한 꽃씨들은 도라지 씨를 비롯하여 백일홍, 천일홍, 황화 코스모스, 메리골드 꽃씨이다. 이를 잘 포장하여 저장고에 넣었다.

양구에는 10월 말이나 11월 초부터 서리가 내리기 시작한다. 그 전에 겨울맞이를 위한 정원정리를 해야 한다. 여름 내내 장맛비로 토양이 비옥성을 잃었기에 거름을 흙에 섞어 정원에 뿌리는 일도 했다.

이후 김장용 배추에 진딧물이 끼어 진딧물 제거 농약을 살포했고, 비료를 군데군데 주기도 했다. 또한 들깨밭 곳곳에 숨어 있던 고들빼기를 캐고, 산밤나무 밑에서 떨어진 밤을 줍고, 참나무 버섯을 채취하기도 했다. 계절이 가을인 만큼 오늘 한 일이 참으로 많고 풍성하다.

그래서 가을은 확실히 어머니 품인 것 같다. 넉넉히 내어주는 게 너무 많다. 우리네 인생도 늘 가을이면 좋겠다.

2023.10.14.

아이들과 함께 그림 그리기

공존과이음 법인이 진행하는 어린왕자 강석태 작가의 '리틀 박수근 프로젝트' 4회차가 10월 13일 저녁 6시부터 8시까지 양구가족센터에서 있었다.

리틀 박수근 프로젝트는 우리 법인이 양구의 다문화가족, 드림스타트가족, 군인 가족 등의 자녀들에게 미술-스토리텔링을 진행하는 사업이다. 이 사업은 양구의 어린이들에게 예술적 상상력을 함양시켜 미래 화가로의 진로 모색을 지원하고자 하는 의도를 가졌다.

3회차 때 자신이 좋아하는 작가와 작품, 자신이 그리고 싶은 그림 등에 관한 이야기를 나누었고 이번 4회차 수업에서는 캔버스에 직접 그림을 그리는 작업을 진행하였다. 나도 이들을 참여관찰 하면서 그림을 그렸다. 마침 노을이 드리워질 때 찍었던 용옥재 건물 사진이 있어 이를 그리기로 했다. 물론 시간 내 다 완성을 못 해 숙제가 되었지만, 아이들과 함께 그림을 그리면서 동심의 세계로 나들이를 다녀왔다.

무엇인가를 그린다는 것은 자신을 성찰하는 행위인 것 같다.

2시간 남짓 아이들 틈에서 그들과 함께 캔버스에 양구의 하늘과 노을이 지는 모습, 길게 서 있는 전봇대를 그렸다. 손과 시선 그리고 의식이 노을 장면을 찍은 사진, 그리고 실제 그 당시의 모습과 분위기를 소환해 냈고, 이를 표현하기 위해 어떤 컬러의 물감을 선택하여 그릴 것인가를 고민했다. 하나씩 둘씩 캔버스에 채워지는 색과 형태들은 마치 의식의 흐름이 시각적으로 표현되는 느낌이었다.

모처럼 어린 학동들과 함께 그림을 그릴 수 있어 행복한 하루였다.

2023.10.15.

양구 사과가 익어가는 소리

아삭 아삭.

이 소리는 맛난 양구 사과의 의성어이다.

지금 펀치볼이라 불리는 양구군 해안면에서는 시래기 사과 축제가 오늘에 이어 내일까지 열린다. 국토정중앙 청춘 양구의 사과 맛은 국내 최고라고 한다. 그 이유는 큰 일교차 때문에 당도가 높기 때문이라고 한다.

양구군에서는 이 축제를 통해 양구 사과를 전국적으로 홍보하고 있다. 지역축제는 지역경제를 활성화하고 주민들에게 지역문화 정체성을 형성하고 있다. 모처럼 가족들과 축제를 방문하고 시래기도, 사과도 구입했다. 모처럼 중학교 동창인 서흥원 군수와 몇몇 공무원 친구들도 만났다.

면 단위 주최 지역축제임에도 콘텐츠도 훌륭하고 홍보전략도 좋은 거 같았다. 무엇보다 친절하고 밝은 인상의 사람들과 다양한 사과 맛을 한자리에서 체험할 수 있어 좋았다. 양구군의 노력이 돋보이는 축제로 평가한다. 또한 안전에 대한 세심한 배려도 충분히 돋보였다.

좀 아쉬운 것은 시래기 사과 축제에 실물 판매도 중요하지만 잼, 과자 등 제빵류 전시와 체험 등도 중요하다고 본다. 사과나무 및 과수원 그리기와 작문 대회 등의 문예활동도 보완되었으면 한다.

축제는 늘 우리를 즐겁게 한다.

그러나 우리는 1년 전 이태원을 생각하면 축제의 안전도 중요한 이슈라고 본다. 무엇보다 탁 트인 야외와 저수지를 끼고 사과와 시래기가 있는 축제 전경이 눈에 확 들어온다. 내 고장 양구에서 사과의 아삭아삭한 소리가 들린다.

2023.10.28.

2023 청춘양구 펀치볼 시래기 사과 축제
배치도
시래기 사과 축제
Back to the Punch Bowl
10. 28 ~ 29
시래기 사과 홍보존
핫이벤트존
시래기사과 푸드만들기존
플리마켓
택배접수
주차장가는길
출입구
시래기 사과 전시존
해안면 보건지소
메인무대
펀치볼 힐링 하우스
향토 음식점
복지회관
시래기 사과 판매존
카페·분식
현위치

시래기 사과 판매존

4부

실사구시 實事求是

자연으로부터 배우는 진리

농사와 학문수행은 닮은꼴

방학이라 거의 양구 용옥재에서 지내고 있다.

전운이 감도는 동아시아 정세, 권력투쟁으로 변해버린 정당들을 보고 있으니 피로도가 높아졌다. 사회과학자들을 유난히 피곤하게 하는 작금의 사회문화 현상들로부터 나는 한발 물러나 자연현상에 심취하고 있다. 자연과 벗하며 느끼는 것 중 하나가 학문수행과 농사일이 유사하다는 점이다. 그래서 가끔 자연에서의 경험을 제자들과 공유한다. 귀촌 이후 직접 농사일을 하면서 연구실에서 수련하는 대학원생 제자분들께 드린 글을 소개한다.

""우리 지도교수는 논문을 잘 안 봐줘." 이 말은 성실하지 않은 대학원생 대부분이 지도교수에게 책임을 전가하는 말입니다. 이런 말이 듣기 싫어 저는 늘 성실하게 지도하려고 노력합니다. 지도교수가 여러분들에게 최선을 다하듯 여러분도 최선을 다하는 성실한 제자이시기 바랍니다.

작년에 이어 올해도 농사를 짓고 있습니다. 밭에 메리골드,

도라지, 구절초, 메밀, 들깨 등을 심었는데, 1주일이 멀다 하고 잡초들이 작물의 영역으로 번지고 있습니다. 이를 제거하는 작업이 늘 만만치 않습니다. 잡초들의 습격 … 요즘같이 비가 오고 습한 날씨면 더욱 잡초들이 기승을 부립니다.

잡초가 작물보다 더 크게 되면 작물은 성장을 멈추고 수확을 거둘 수 없습니다. 밭의 작물들도 농부가 성실하게 노력해야 건강하게 성장합니다. 이렇듯 농사의 현장에서 학문적 진리를 탐색하고 있습니다. 어쩜 그렇게 학문수행도 농사일이 일치되는지 깜짝 놀랄 때가 참 많습니다.

최근 농촌은 농번기입니다. 정신없이 바쁩니다. 그래도 지도교수의 책무를 다하고자 격주로 여러분의 논문지도를 문답식으로 진행하고 있습니다. 참여하시는 분들이 눈도장 찍는 형식적인 의례가 아니라 실제로 연구의 일선에서 궁금한 점을 질문하고 있습니다. '주경야독'이란 사자성어를 다 아시고 계실 것입니다. 최근 저는 낮에 농사하고 밤에 독서하고 글 쓰는 일을 병행합니다.

대학 입학 후 지금까지 주로 현장에서 자료수집하고 면담하고 글 쓰고 강의하는 학문수행자 역할만 해왔지, 뙤약볕에 비지땀을 흘려가며 밭일을 한 적이 없습니다. 최근 손이 커지고 두꺼워지는 경이한 변화를 체험하면서 큰 교훈을 얻었습니다. 농사일과 비교하면 학문 수행하는 일이 얼마나 가벼운 것인지, 힘겹지 않다는 것을 느끼면서 학문수행의 소중함을 더욱 체감합니다.

늘 제가 질적 연구자는 현장에 있어야 한다는 말을 달고 살지만, 농사일이, 막상 양구라는 로컬이 내 삶의 현장이 되었을 때 나는 아무것도 모르는 초보 농부라는 것입니다. 이 사실이 호기심과 도전정신을 고취하는 데 자극이 됩니다. 여러분도 화분에 무엇을 길러보세요. 그 식물에 대한 책임감을 느끼게 됩니다.

제가 그렇습니다. 넓은 밭에 작물들을 심고 그 책임감으로 힘겹지만 일을 합니다. 여러분도 학문이란 밭에 지식과 지혜라는 작물을 심어나가는 농부입니다. 책임감을 느끼고 성실한 학문수행을 희망합니다."

30명이 넘는 수련생 제자분들의 단체 카톡방에 이 글을 올렸다. 지난 학기부터 '다문화교육 철학 세미나'에서 타자 철학을 다루고 있다. 그래서 이해, 공감, 소통, 연대, 협동을 이야기하고 환대, 대화, 책임, 윤리 등을 강조한다. 이 추상적인 개념들이 우리 일상에 스며든다면 분명히 공존의 삶이 우리 앞에 펼쳐질 것이다. 그래서 나는 이 믿음을 늘 버리지 않는다.

2022.08.06.

오가피나무와 열매

자연과 어머니는 동격인 것 같다. 모습도 그러하고 심성도 그러하다.

지난주에는 중앙아시아 학술 출장이 있어 양구 집에 내려오지 못했다. 목요일 저녁 2주 만에 도착한 집은 해야 할 일이 너무 즐비했다. 농번기에 집을 비우는 것은 농부에게 있을 수 없는 일이라고 동네 친지분이 진지하게 조언해주었다. 반농반학이기에 나는 분명히 사이비 농부이다. 그래서 현지 주민이나 친지분들의 의존도가 높을 수밖에 없다. 오자마자 들깨 베기, 메리골드, 구절초 꽃 따기 등의 일을 주로 진행했다. 중간중간 호박도 따고 오가피 열매도 따고, 남은 시간에 택배로 온 몇 가지 가구들을 조립하였다.

학교에 있을 때 오후 3시가 넘으면 눈이 피곤하고, 심한 운동을 한 것처럼 몸 전체가 나른해진다. 그런데 이상하게도 양구에 오면 피곤하지 않다. 아마 산소포화도가 높아서인 거 같다. 집 주변을 돌아보면 사방이 숲이고 산이다. 아침에는 운무가 피어오르면 마치 '내가 운남의 호도협에 와 있나?' 하는 착각이 든다. 논밭 사이로 백로가 나다

니는 모습에서는 한가한 농촌의 여유로움을 느낀다. 저녁에는 고즈넉한 산사인 거 같은 착각이 들기도 한다. 정말 멋진 장면은 맑은 날 밤이 오면 펼쳐지는 별들의 잔치를 볼 수 있다.

지난번 양구에서의 전원생활 자랑을 꽃차 이야기로 한 적이 있다. 오늘은 오가피나무 이야기를 할까 한다. 우리 집 뒤편에는 어머니가 오래전에 심은 오가피나무가 세 그루 있다. 봄에는 오가피나무의 순을 따서 데쳐 먹었다. 몇 분 친구들과 나누었는데 모두 두릅보다 맛있다고 한다. 오가피는 봄에 잎뿐만 아니라 그 열매로도 즙을 내어 먹고 나뭇가지도 약재로 쓰인다. 한마디로 버릴 것이 없는 나무가 오가피나무이다.

지금 그 오가피나무가 사람 키보다 훨씬 자라서 사다리를 놓고 열매를 따야 한다. 그냥 놔두면 새들이 모두 먹게 된다. 그 때문에 적당히 익었을 때 새들의 먹이를 남겨 놓고 다 따야 한다. 오가피나무의 잎은 다섯 개로 갈라져 있고 하나의 가지에 다섯 개의 잎이 나기에 '오가피'라고 불린다. 운동선수들이 경기력을 향상시키기 위해 이 오가피나무 즙을 먹는다고 한다. 오가피는 동양의학에서는 고가의 약재로 쓰인다고 한다. 허준의 동의보감에서도 오가피의 약효를 설명하고 있는데 오가피는 맛은 맵고 쓰며 독이 없어서 보약재로 사용한다고 한다.

오가피는 오로(심장), 간(肝), 코(脾), 폐(肺), 신장(腎), 복부 긴장, 조루, 성기능 장애 등에 효험이 있다. 또한 근육을 강화하고 다리의 통증과 저림, 관절의 경직, 하복부의 무력증을 치료한다.

이렇게 열거하고 나니 오가피가 만병통치약인 듯하고 분명히 인간에게 좋은 일만 하는 것 같다. 중요한 것은 자연에서 나는 모든 것들은 인간의 건강과 장생에 도움이 된다. 자연으로부터 얻어지는 것 중 자기의 체질에 맞는 것을 선택하여 섭취해야 한다. 가공한 것이 아닌 일체의 자연의 산물은 어머니가 주는 식량인 셈이다.

오늘도 오가피 열매를 따서 다듬고 정리하면서 어머니를 그리워했다.

2022.09.23.

이른 봄에 채집한 메리골드 씨앗

양구의 봄은 느지막하게 온다.

양구는 춘천 북방에 있는 소양강 댐의 상류이고 고산 지역에 있다. 그래서 봄이 오다가 잠시 멈춘 모양이다. 늘 4월이 되어야 땅이 녹는다. 지난해에는 정확히 3월 30일에 함박눈이 내렸다. 이것만 보아도 양구가 얼마나 고도가 높은 산촌인지 짐작이 갈 것이다.

지난 일요일에 내린 비가 오후에는 진눈깨비가 되어 올 정도로 양구의 겨울은 봄보다 긴 것 같다. 수많은 청년 장정들이 이곳 양구에서 군대 생활을 하고는 다시는 양구를 찾고 싶지 않다고 한다. 그럴 정도로 양구의 겨울은 대단하다. 이로 인해 양구에서 군생활을 했던 예비역들은 제설 작업 했던 기억뿐이 없다고들 한다. 그러나 땅속에서는 이내 봄이 오고 있었다.

남쪽이면 튤립이 여린 잎을 삐죽 대지 밖으로 내놓고 있었을 것이다. 작년 봄부터 늦가을 서리가 올 때까지 풍성했던 꽃을 자랑했던 메리골드 꽃들이 꽃대만 남기고 겨울을 지냈다. 이번 주에 둘째 아이의 친구들이 공존과이음에 봉사하러 왔다. 그래서 그들과 함께 메리골드 꽃대에 남아 있는 씨앗을 수확하고 꽃대들을 제거하는 작업을 진행하였다.

이 작업은 새로운 세대를 위해 이전 세대를 정리하는 의미가 있다. 새로운 씨앗을 뿌리고 움틈을 통해 꽃을 피우기 위한 자연적 순리에 순응해야 한다. 정원에 있던 다른 화초들도 이와 똑같은 작업을 했다. 나무들 또한 새로운 잎을 위해 누런 잎들을 제거하고 가지치기도 해주었다.

옛것이 가고 새로운 것이 오는 것을 보면 자연의 순리는 아름답다. 모든 것을 다음 세대로 내어주고 이어주는 '공존'의 가치를 자연에서 찾는 하루였다.

2023.03.09.

뚱딴지와 돼지감자의 관계

시골의 공터나 밭둑 근처에 마치 작은 해바라기꽃처럼 노란색의 꽃이 하늘을 향해 있다.

이 꽃이 바로 돼지감자꽃이다. 시골에서는 흔히 뚱딴지라고 해서 주변 작물을 해친다는 이유로 공터나 밭둑에 방치된 경우가 많다.

그런데 뚱딴지와 돼지감자는 같은 식물의 이름이다. 우리는 이를 알고 있었을까?

물론 돼지감자를 작물의 목적으로 재배하시는 분들도 있다. 돼지감자는 국화과 해바라기 속에 분류되는 여러해살이 식물이다. 원산지는 북아메리카와 유럽이며, 주로 저지대 풀밭에서 자란다. 키는 1.5~3m 사이이며, 줄기와 잎에 거친 털이 나 있다. 꽃은 화려한 두상화로, 노란색의 설상화와 노란색, 갈색 또는 자주색의 통상화로 이루어진다. 유럽에서는 덩이줄기를 요리용으로 이용하고 있으며 가축의 사료로도 오랫동안 사용해왔다고 한다.

그런데 이 돼지감자가 당뇨 등 성인병 개선에 효험이 있다고 한다. 돼지감자를 장아찌로 해서 음식으로 드시거나 말려서 볶거나 튀

긴 후 차로 끓여 마시기도 한다. 지난해 가을 수확해 두었던 돼지감자를 물에 씻어 잘게 썬 후 건조기로 말렸다. 이를 5일장이 서는 읍내에 나가 뻥튀기 장사 하시는 분에게 가져다 튀겨달라고 부탁했다. 뻥튀기 기계가 많이 진보되었던 것 같다. 예전에는 장작불을 때고 기계를 직접 손으로 돌려 튀겼는데, 이제는 완전 자동이다.

뻥튀기를 말린 돼지감자를 끓인 물에 넣으면 구수한 돼지감자차가 된다. 지난해 이식용 돼지감자를 파종하라고 주신 이웃집에 돼지감자 뻥튀기를 나누어 드렸다. 아직까지 시골에는 나눔의 미덕이 남아 있다. 자신의 이익만을 위해 사는 인간들이 타자성을 경험하기 좋은 곳은 시골일 것이다.

도시의 몰인정한 관계로부터 시골의 구수한 인심의 냄새를 느끼려면 어느 곳보다 장에 가보면 좋다. 시골 양구의 5일장에서 우리는 볼거리는 물론 배움으로 충만한 시간을 보낼 수 있다. 장날에는

가격을 흥정하는 협상의 과정, 과거의 향수, 사람이 사는 냄새가 있다. 그래서 장날이면 늘 읍내에 나간다. 이렇게 산촌의 하루는 또 저물어 간다.

2023.03.20.

밭에 비닐을 안 씌우는 이유

오늘 다행히 양구는 비가 내리고 있다.

다행이란 말을 쓴 이유는 이전 3주 동안 비가 내리지 않았기 때문이다. 밭은 갈라지고 논은 계속 양수기로 물을 대고 있었다. 농민들의 심정은 타들어 가는 작물의 마음처럼 아주 까맣게 되지 않았을까 한다. 물론 나는 논농사를 짓지 않는다. 논농사는 주로 벼를 심고 탈곡하기까지 기계를 사용해야 하기에 기계도 없고 기술도 없어서 직접 하지 않는다.

1,000여 평의 밭에 과수나무 5종 30그루(사과, 복숭아, 살구, 앵두)가 2~3년생이라 물을 생명처럼 필요로 한다. 거기에 도라지, 구절초, 메리골드, 백일홍 등의 화초 모종을 한 영역과 옥수수 등이 심겨 있다.

이 밭에 물을 대기 위해 스프링클러를 설치했고, 이른 아침과 야간에 물을 돌리고 있다. 물은 당연히 지하수다. 만약 수돗물을 댄다면 비용도 그렇지만 수돗물 성분으로 인해 작물에 피해가 갈 수 있기 때문이다. 물을 주는 시간도 고려해야 하는데 20~24도로 오르는 대낮을 피해야 한다. 뿌린 물의 증발도 빠르지만, 고온으로 이어져 작물의 뿌리에 화상을 입을 수 있기 때문이다.

오늘 아침에 밭에 스프링클러로 물을 주고 김을 매고 있는데, 같은 동네 어르신이 내게 “왜 밭에다가 검은 비닐을 안 씌우느냐?” 묻는다. 비닐을 씌워야 잡초들의 자람을 방지하고 잡초 제거의 수고를 하지 않아도 되기 때문이라는 거다. 나는 이렇게 답했다. “잡초 제거는 내게 운동도 되고, 작물에는 직접 양분 흡수에 도움이 될 거란 생각입니다.”라고 말이다.

실제로 내가 비닐을 안 치는 이유는 두 가지이다. 하나는 비닐이 자연 생태계를 파괴하는 주범이기 때문이고, 다른 하나는 잡초가 생겨나야 동네 독거 어르신들에게 잡초 제거 부역을 하게 하고 수고비를 지급할 수 있기 때문이다.

우리가 가지고 있는 일반적인 생각은 독거 가정, 조손가정 어르신들과 같은 소외계층분들이 도움을 받는 데 익숙하다는 것이다. 내가 실천 현장에서 경험한 그들은 전혀 그렇지 않다. 그들 스스로 주고받음(기브 엔 테이크)식의 사고를 하고 있다. 누군가가 무엇을 주는 일방적인 지원보다도 정당한 대가에 즐거워한다는 것이다. 이게 내가 2년간 공존과이음을 운영하면서 깨달은 점이다.

우리 공존과이음 회원분들에게 보내질 꽃차용 화초밭의 잡초 뽑기 작업을 이분들께 맡겨드렸다. 자신 스스로 행하는 작업에 자존감도 높아지는 것 같다. 일이 끝나고 돌아가실 때는 화초 몇 포기씩 드리면 아이들처럼 좋아하신다. 이것이 내가 밭에 비닐을 씌우지 않는 까닭이다. 이렇게 양구의 5월은 ‘화초 구하기’를 위한 잡초와의 전쟁을 행한다.

2023.05.28.

수행으로서의 학문과 농사

우리 집안은 경주김씨 태사공파를 혈연배경으로 하고 있다. 더불어 대대로 양구에 기거하며 농사를 지어 온 내력을 가지고 있다. 태사공은 통일신라 마지막 왕인 경순왕의 큰아들 마의태자의 별칭이다. 그는 왕건의 고려 창국으로 인해 금강산 일대로 들어와 신라 복구 운동을 했고, 끝내 사찰에 머물며 태사가 되었다고 한다. 그의 후손들이 경주김씨 태사공파라고 한다.

내가 사는 이 동네는 본인의 할아버지가 입향조(마을을 개척한 세대)이다. 35가구 되는 마을 주민들 중 거의 절반 정도가 집안사람들이다. 말 그대로 집성촌인 셈이다. 지금 나는 이곳 양구에서 한 학기 안식년 중에 농사를 체험하고 있다.

오늘은 농사 수행이 학문수행과 유사한 점들에 대해 적어보도록 하겠다. 화초와 잡초를 구분하는 지혜는 곧 교육과 연구 활동에 관련되어 있다고 본다. 먼저 교육학적 측면에서 화초는 당연히 인간의 돌봄이 필요하다. 잡초와 화초가 동일한 땅에 존재하기 어렵다. 잡초의 엄청난 번식력에 화초는 꽃도 못 피우고 성장하지 못할 수 있다. 그래

서 정원사들은 잡초를 제거할 수밖에 없다. 정원사가 아름다운 정원을 만드는 것이 직업윤리이고 그의 책무를 다하는 것이다.

잡초의 종류는 다양할 뿐만 아니라 올라오는 순서가 마치 오케스트라의 연주처럼 순서가 있다. 특정 유형의 잡초들이 특정한 시기에 부쩍 성장한다. 때로는 이 잡초들이 화초라면 얼마나 좋을까 혹은 잡초의 생명력을 화초가 가질 수 없을까 하는 생각을 해 보았다. 그래서 농촌에서 봄은 '잡초와의 전쟁' 시기이다. 이렇게 잡초 제거는 교육에 있어서 학습자들에 대한 돌봄과 학습환경의 조성으로 대비될 수 있다.

또한 화초와 잡초를 제거하는 데 있어서 계획을 세워야 한다. 이는 마치 논문을 작성할 때 연구계획서를 세우는 것과 같다. 어떤 시간에 어떤 장소를 그리고 제거한 잡초들을 처리할 곳을 미리 확인해야 한다. 혹자는 제초제를 사용하여 잡초를 제거하기도 한다. 이는 정교한 작업을 요하며 자칫 화초나 작물에 제초제 농약이 접촉되어 피해를 입기도 한다. 제초제 사용은 농부나 정원사에게도 토양에도 좋지 않다. 최근 친환경적 혹은 선택적 농약이 나왔다고 한다. 농약은 정말로 잡초의 번식을 잡지 못했을 때 최후의 수단으로 사용해야 한다.

잡초를 제거하는 또 다른 방법은 예초기를 사용해 제거하는 방법이다. 이는 잡초를 뿌리째 뽑지 못해 반복적인 작업을 해야 하는 단점을 가지고 있다. 과수원 같은 곳에서 잡초를 제거할 시기를 놓쳤을 때 사용하는 방법이다.

학문수행과 농사수행의 다른 점은 학습자를 잡초와 화초로 구분할 수 없다는 점이다. 모든 학생은 화초와 같다. 물을 주고 거름을 내주는 것과 같이 그들을 위해 교육자들은 교육 공간과 환경을 마련해 주어야 한다.

오늘도 자연에서 교육과 연구를 배운다. 학문수행의 이치를 자연에서 깨닫는 하루였다. 2023.06.11.

뻐꾸기가 울면 해야 할 일

2주 전부터 이곳 양구에는 뻐꾸기가 울어댄다.

뻐꾸기는 '탁란'으로 유명해진 두견이과 조류이다. 탁란이란 자기 알을 자신이 품어 부화시키지 않고 다른 새 둥지에 낳고 부화시키는 것을 말한다. 뻐꾸기는 뱁새 혹은 때까치 둥지에 알을 낳아 기생부화를 한다. 한마디로 얄미운 짓을 하는 새이지만, 이 뻐꾸기 울음이 특정한 농사의 시작을 알리는 신호이기도 하다.

우리 동네 어르신들은 뻐꾸기가 울면 참깨를 심는 시기가 도래했다고 한다. 내가 관찰해보니 5월 말부터 6월 말 한 달 정도 뻐꾸기가 지나치게 운다. 아마 짝짓기를 위한 행동이 아닐까 한다. 조류 관련 블로그 글을 보니 뻐꾸기가 5월 도래하여 10월 정도까지 한반도에 머무른다고 한다. 짝짓기 동안 열심히 울고 이후 남의 집 둥지에 알을 낳은 후에는 다른 종의 새들에게 들킬까 봐 소리 내지 않고 조용하게 지내는 것이 아닐까. 뻐꾸기로 인해 별스러운 상상을 다 해본다.

뻐꾸기 울음이 신호인지라 모종 가게를 방문하여 참깨 모종 300주 정도를 구입하여 앞 밭에 심었다. 지난해에는 들깨만 심었는데, 올해에

는 참깨도 심게 되었다. 그래서 이제 참깨와 들깨의 차이를 명확하게 경험할 수 있을 것 같다.

사실 들깨는 꽃이 피지 않지만, 참깨는 화초 수준의 흰 꽃이 깨대에 올망졸망 붙어 난다. 꽃도 보고 깨도 수확하니 참으로 착한 녀석이 아닐 수 없다. 수확도 9월 초에 하게 되니 빠른 편이다. 올해는 직접 재배한 참깨로부터 참기름의 고소한 냄새를 맛볼 수 있을 것이다.

이제 뻐꾸기가 울면 참깨를 심을 것이다. 2023.06.30.

깨 수확의 다양성와 고소한 일상

2년차 농촌 생활에서 가장 기쁠 때는 무엇인가를 수확할 때이다. 특히 10월은 주로 곡식들을 수확한다.

내가 사는 박수근로 85번길, 양구 이리마을은 요즘 들깨 수확이 한창이다. 우리 집도 6월 말에 옥수수를 따 먹고 그 자리에 들깨를 심었었다. 2주일 전 들깨를 베어 말린 후 오늘 깨를 털었다.

깨를 털 때마다 고소한 냄새가 진동한다. 그래서 신혼부부에게 흔히 "깨가 쏟아지겠네."라고 하는 모양이다. 참으로 우리 선조들은 어휘를 만드는 데 귀재인 것 같다. 특히 자연을 모사하는 재능이 탁월한 거 같다.

깨를 터는 방법이 무척 다양하다는 데 놀랐다.

도리깨질을 하는 집, 앉아서 맥주 상자 같은 데다가 터는 거, 서서 작대기로 깻대를 두들겨 깨알이 나오게 하는 것 등이 있다. 그리고 수북이 떨어진 깨를 이물질과 분리하기 위해 키질을 하거나 혹은 채로 흔들어 분리한다. 또한 선풍기를 돌리기도 한다. 이렇게 수확의 방법이 다양하다.

이 장면을 대스승이신 레비-스트로스 교수님이 보셨다면 신화적 사고의 한 부분을 기술하셨을 것이다. 무엇보다 질적 연구자로서 브리콜라주 현장을 보는 듯해서 기쁘고, 직접 일에 동참해서 좋았다.

깨를 터는 내내 고소함이 진동한다. 고소한 냄새가 몸에 배 행복하다. 우리 모두에게 이렇게 늘 '고소한' 일상이 되길 바란다. 아마 오늘 밤에는 깨가 쏟아지는 꿈을 꾸게 될 거 같다. 2023.10.29.

구절초 다리기와 옻나무 가지 채취

추위를 많이 타는 나는 가을에서 겨울로 가는 길목에 들어설 때면 손발이 매우 차갑다. 또한 아랫배도 차가워 소화불량으로 시달린다. 몸을 따스하게 만드는 데 효험이 있다는 구절초를 지난해부터 심기 시작했다. 원래 공존과이음에서 꽃차 아이템으로 메리골드, 황화코스모스와 함께 재배한 것이다. 그런데 꽃차보다는 달여 마시는 게 좋다는 마을 어르신들의 말씀에 따라 오늘 이를 실행해 보았다.

그냥 생구절초를 물에 넣고 끓이는 것이 아니라 꽃대와 꽃을 잘라 말린 후 달이는 것이라고 한다. 그래서 2주 전에 구절초를 밭에서 낫으로 잘라 다듬은 후 통풍이 잘되는 곳에 말려두었다.

오늘 양은 솥을 걸고 불을 피워 3시간 정도 달였다. 일단 구절초를 달인 물을 가는 채로 꽃잎들을 걸러내는 작업을 했다. 이후 다시 마른 대추와 밤을 넣고 다시 달였다. 구절초를 달인 채로 마시면 너무 쓰기 때문에 이 쓴맛을 줄이기 위해 대추와 밤을 함께 넣고 끓이는 것이다.

남은 불에는 감자를 구워 먹었다. 감자를 코일에 감아 잔불에 20여

분 놓아두면 군감자 냄새가 진동한다. 구운 감자가 이렇게 맛있을 수 있다는 것은 먹어보지 않은 사람은 잘 모를 것이다.

그리고 집 뒤편에 두 그루의 옻나무가 있다. 이 옻나무 가지 또한 열을 내는 데 아주 좋은 한약재라고 한다. 직접 사다리를 놓고 올라가 옻나무를 소형 전기톱으로 잘랐다. 가지를 정리하고 굵은 가지는 다시 낫으로 쪼개었다. 다행히 나는 옻에 강한 체질이라 옻나무를 만져도 이상이 없다.

이제 야생에서의 생활, 자연인 생활이 제대로 된 것 같다. 레비-스트로스 학파 연구자로서 '야생의 사고'가 아닌 '야생의 생존'도 실천하고 있다. 전원생활을 시작한 지 2년이 되어가는 데 공복혈당도 정상이 되었고, 병원에 가는 횟수도 대폭 줄었다. 내일부터는 내가 직접 재배하고 채집하여 달인 구절초 액과 옻달임 물이 내 몸을 따듯하게 만들어 줄 것이라는 행복한 상상을 하는 밤이다. 2023.11.12.

산행, 내려올 때 비로소 알게 되는 것들

오늘은 예수 탄생을 기념하는 '크리스마스이브' 날이다.

예수님 덕분에 우리는 이브와 성탄절 본 일 이틀을 축제처럼 보낸다.

특히 성탄절인 25일은 휴일로도 정해졌다.

내가 방학이라 양구 집에 거하면서 연구하며 글을 쓰게 되었다. 그래서 이곳으로 어제 딸아이들이 방문하였다. 큰아이는 학교 법무팀에, 둘째 아이는 박사과정에 있으니 모두 학교에 근무하고 있는 셈이다. 학교 업무에 피곤해서인지 자차로 오지 않고 ITX 청춘열차를 타고 춘천까지 오고, 그곳에서 시외버스를 타고 양구 터미널로 왔다.

마치 어린 시절 내가 춘천에서 유학했던 그 시절, 주말에 양구에 올 때 내 부모님이 터미널에서 나를 기다렸던 것처럼 나도 그렇게 아이들을 기다렸다. 이곳 양구로 오기 전에는 주말은 인천 집에서 늘 모였었는데, 양구로 내려와서 주말을 이곳에서 보내니 가족 간 만나는 시간이 별로 많지 않았다.

모처럼 만나니 늘 하던 대로 주말 등산을 하였다. 원래 대청봉이

계획이었는데 설악산에 폭설로 등산로가 폐쇄되었다. 그래서 2순위로 인제 자작나무 숲 답사인데, 이 역시 폭설로 출입객 통제라는 조치로 가질 못했다. 마침 금강산 화암사 근처의 신선대에 올랐다. 왕복 6km로 정도로 코스도 짧고 등산로 출입이 허용되어 여기를 산행 코스로 잡았다.

대부분 북한에 금강산이 있다고 알고 있지만 그것은 내금강이고, 외금강은 금강산 둘레에 퍼져 있다. 양구의 두타연 역시 금강산 입구여서 외금강에 해당한다고 볼 수 있다.

양구에서 속초는 차량으로 한 시간 정도 걸린다. 미시령 터널이 개통되고 영동-영서 지역이 더욱 가까워진 것이다.

오늘 등산 코스는 화암사 제1주차장에 차를 놓고 걸어서 화암사

경내까지 갔다. 그 후 거기에서 아이젠을 차고 눈 내린 등산로를 뚜벅뚜벅 걸어 올라갔다. 소나무 사이로 바람이 소리를 내며 불어친다. 그래서 정상을 향하는 속도는 더뎠지만, 가족들과 함께 올라가는 산행이라 힘든 줄 몰랐다. 머릿속에는 오로지 가장 높은 곳인 정상에 올라야지 하는 생각에 무념무상 하면서 걸었다.

드디어 신선대 정상에 올랐다. 너무 바람이 많이 불고 추워서 메아리도 외칠 수 없었다. 단지 전방에 보이는 울산바위를 배경으로 사진을 찍고 뜨거운 커피를 한 모금 마셨다. 꿀맛 같은 커피, 이는 정상 위에서만 맛볼 수 있는 공감각적 지각이라고 생각한다. 정상에서 머문 시간은 15분 정도였고 하산을 시작했다.

올라갈 때 정상만 보고 올라가서 그 경사를 가늠할 수 없었다. 그런데 내려올 때 내가 오르던 길이 어찌 험한 길이었는지를 비로소 알게 되었다. 굽이진 골짜기며 중간중간 눈이 얼음이 된 계단들, 나와 아이들이 올랐던 그 길을 살펴보며 내려올 수 있었다.

앞만 보고 목표를 향해 달려갈 때 우리는 그 길이 얼마나 험한지를 잘 모르는 경우가 많다. 그러나 목표를 성취한 후 비로소 자신의 길이 위험하고 도전적이었단 것을 깨닫게 되는 경우가 있다.

더는 올라갈 곳 없던 신선대가 내 마음속에, 딸들의 추억 속에 이야기 한 꼭지를 남겼으리라 본다. 2023.12.25.

성탄절을 말하지 말라

나에게도, 내 가족에게도, 우리 학문공동체에도 "결코 성탄절을 말하지 말라."라고 이야기하고픈 성탄절 오전이다. 성탄절은 이 땅에 예수께서 오심을, 탄생하심을 기념하는 날이다.

예수의 등장은 인류사에서 매우 중요한 가치를 갖는다. 제왕적 군주제에 대응하는 천부 인권적 평등의 이념으로, 다수 신들의 세계에서 인본주의로의 패러다임을 갖게 하였다. 실로 놀라운 일이 아닐 수 없다.

마구간에서 탄생한 미천한 인물인 예수, 그가 도탄에 빠진 인류를 구원하기 위해 이 땅에 오셨다. 예수를 보내신 하나님의 계획을 우리에게 현실로 보여주었다는 그 자체가 인류의 희망이 되었다. 그가 우리에게 오셔서 희망과 사랑을 선사한 것, 그의 탄생을 기념하는 전 세계적 축제는 단지 공휴일이며 축제라는 것을 훨씬 넘어서야 한다고 생각한다. 그가 탄생한 예루살렘은 전쟁이 진행 중이고, 세계 곳곳에서는 난민과 기아가 넘쳐나고 있다. 그가 탄생한 지 2024년이 지난 지금에도 우리는 마태복음 5장 43~48절 말씀을 기억하고 있는지를 묻고 싶다.

""네 이웃을 사랑하고 원수를 미워하라"라는 말을 너희가 들었으나 그러나 나는 너희에게 말한다. 너희의 원수를 사랑하여라. 너희를 박해하는 사람들을 위해 기도하여라. 그렇게 하면 너희가 하늘에 계신 아버지의 아들이 될 것이다. 너희 아버지는 악한 사람이나 선한 사람 모두에게 햇빛을 비추시고, 의인과 죄인에게 똑같이 비를 내려 주신다. 너희가 너희를 사랑하는 사람들만 사랑한다면 무슨 상을 받겠느냐? 세리들도 그만큼은 하지 않느냐? 또 너희가 자기 형제들에게만 문안한다면 남보다 나을 것이 무엇이냐? 이방인들도 그만큼은 하지 않느냐? 그러므로 하늘에 계신 너희 아버지의 완전하심과 같이 너희도 완전한 사람이 되어라."

우리는 이 말씀을 제대로 실천하고 있는지를 나에게도 내 가족에게도 우리 학문공동체 여러분에게도 묻고 싶다.

오늘 내가 사는 이곳 양구에 눈이 내렸다. 폭설이 내렸다. 이 못난 지구, 서로를 사랑하지 않는 인류를 위한 하나님의 눈물이 절규 되어 눈이 되었나 보다. 나는 오전 내내 동네 눈을 쓸었다. 우리 동네에 거동이 불편한 어르신들이 많다. 그래서 눈이 오면 이분들의 기동이 제한된다. 몸 아픈 것도 서러운데 이웃집 마실 가는 것, 회관에 모여 외로움을 달래는 것까지 제한되면 안 된다고 생각한다.

우리 학문공동체는 설립 초기부터 현재에 이르기까지 모든 차별을 겪고 있는 사회적 소수자들을 연구하고 타자성, 상호문화성을 지닌 시민을 위한 연구와 교육에 전념하고 있다. 연구논문에서 대학원 세미나에 이르기까지 우리는 '나-주체'보다 '타자' 지향적 연구를 수행하고 있다. 연구실-연구소 학문공동체를 넘어 '공존과이음'이라는 실천공동체를 조직하고 우리의 사랑을 이웃과 나눔에 앞장서고 있다. 여러분 모두에게 기독교도이든 아니든 간에 2024년 전 이 땅에 오신 사랑의 실천가 예수의 제자로 살아가기를 권하고 싶다.

나는 이렇게 말하고 싶다. "세계의 평화와 평등에, 사랑과 연민에 노력하지 않는 자는 성탄절을 말할 권리가 없습니다."라고.

2023.12.25.

길냥이에 대한 환대의 문법

병원에 왔다. 동물병원에 왔다.

내가 아파서가 아니고 우리 집에 사는 길냥이 '라옹이'가 아파서이다.

양구 집에는 세 마리의 집 길냥이가 살고 있다. 가옹이와 나옹이 부부, 이들은 우리 동네를 배회하는 소위 시골 길냥이 부부였는데, 2년 전 봄에 우리 집에 들어와 다옹이와 라옹이를 낳고 아예 우리 집에 눌러 산다.

그러다가 수컷 고양이 가옹이가 가출하였다. 이유는 잘 모르겠다. 그래서 나옹이가 두 아이와 살고 있다.

그런데 지난주부터 라옹이가 사료도 그 좋아하던 참치 간식도 먹지 않고 활동도 둔해졌다. 마침 집에 잠시 놀러 왔던 옆 동네 친구가 고양이 병원에 데려가 보라고 한다. 혹시 전염병이라면 다른 고양이들에게도 옮길 수 있다고…. 그래서 부랴부랴 양구 시내 동물병원을 알아보니 고양이를 돌보는 병원은 없다고 한다. 양구에는 소, 돼지 등 가축병원만 있어서 결국 30분 정도 걸리는 춘천으로 갈 수밖에 없었다.

도착한 동물병원 간판에 'animal hospital' 영문자가 유독 눈에 띈다. 최근 내가 숙고하는 학문적 관심은 타자, 인정, 관용, 공존, 환대, 대화 등인데, 바로 hospital이 환대와 관련이 있기 때문이다. 해체철학으로 잘 알려진 자크 데리다는 환대에 대해 다음과 같이 조건적 환대와 무조건적 환대를 구분하여 논의한다.

타자가 자신이 누구임을 밝힐 뿐만 아니라 나의 말을 알아듣고, 환대받을 자격이 있음을 증명할 때 환대는 이루어진다. 이처럼 환대는 권리와 의무 관계가 상호적 조건에서 이루어지기 때문에 조건적 환대로 규정한다. 이런 조건적 환대에 대한 대립으로 무조건의 환대가 있다. 무조건적 환대는 내 집을 개방하고 성(family name)이 다르거나 외국인 등의 사회적 지위를 가진 이들뿐만 아니라 이름도 없는 미지의 절대적 타자에게 머무를 곳을 내어주고 머무는 장소를 소유하도록 내어 두는 것이다.

또한, 기대되는 상호성을 요구하거나 그들의 이름을 묻지도 않고 그들을 받아들이는 것이라고 하였다. 초대받지 않았거나 절대적으로 낯선 이방인의 예측하지 못한 방문에 대하여 어떠한 물음이나 조건도 없이 문을 열고 집을 개방한다는 의미에서 이는 '방문의 환대'가 된다. 이방인의 다름을 존중하며 환영하는 무조건적 환대는 이방인에 대한 타자성의 발현이고, 의무이다.

즉 무조건적 환대는 상대방에 대하여 누구인지를 묻지 않는다. 데리다는 두 가지 환대의 대립을 전하면서 '상호침투'를 원하였다. 따라서 그가 주장하는 타자에 대한 환대는 나와 타자 간의 역동적 관계 속에서 생성된다. 즉 조건적 환대가 환대로서의 정당성을 가지려면 무조건적 환대로 인도되고 고쳐질 때라고 하였다.

그렇다면 라옹이는 고양이이고, 병을 앓고 있는 비인간적 존재이다. 이 고양이가 동물병원에 가면 무조건적 환대의 대상이 되어야 하지 않을까? 나는 고양이의 주인도 아니고 보호자도 아닌데, 환자 고양이의 법정대리인으로서 진찰기록부를 적었다. 레비나스가 말한 타자의 얼굴을 보았기에 그에 책임을 지는 것, 단순하게 나는 고양이의 얼굴을 보았고, 그로써 고양이를 책임지겠다는 윤리를 부여받았다. 나는 그래서 방문한 동물병원이 나와 라옹이를 환대해 줄 줄 알았다. 가자마자 수의사가 혈액검사, 전염병 검사, CT, 내시경 등을 하자고 했고 며칠 이곳에 입원시키라는 것이다. 그래서 나는 전염병 여부를 확인해달라고 요청했다. 다행히 전염병 증상이 없어 영양제와 수액만 처방 처치 받고 귀가했다.

나는 동물병원 수의사에게 전혀 환대를 느낄 수 없었다. 환자 고양이를 대상으로 장사한다는 생각만 들었다. 물론 내가 애완동물을 키워오지 않아 동물병원을 둘러싼 문화에 익숙하지 않아서일 수도 있다. 아니면 내가 고양이들에게 애정이 약해서 오늘 낸 치료비가 아깝다고 생각해서 동물병원에 대한 비판을 가하고 있는지도 모른다. 중요한 것은 동물병원 관계자들의 'HOSPITALITY'의 문제이다. 버젓이 하스피틀이라고 걸어놓고, 돈을 받더라도 좀 더 환대성의 개념 실천이 필요하면 얼마나 좋을까라는 생각을 해 보았다.

무엇보다 동물을 돌보는 사람들에게 비인간적 존재에 대한 환대의 문법이 비인간 종을 넘어 동종의 인간들, 소위 '동료 시민'들에게도 적용되었으면 한다.

2024.01.07.

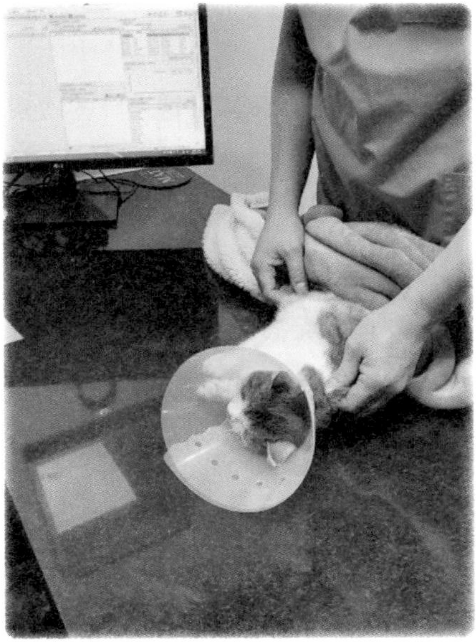

사잇 날 더불어 함께

공존이음 회원 여러분도 나도 내 가족들도 2023년 한 해 정말 수고가 많으셨다. 이제 곧 새로운 한 해가 시작된다. 오늘은 바로 2023년의 마지막 날이다.

나는 마지막이란 말을 좋아하지 않는다. 곰곰이 생각하면 우리에게 마지막이란 없다. 마지막 만남, 마지막 시간, 마지막 날, 마지막 수업…. 수없는 마지막이 붙어 있는 단어는 실제로 마지막보다도 새로움을 이미 내포하고 있는 것이다.

일찍이 레비-스트로스 선생님은 통과의례 연구에 있어서 변칙범주 개념을 적용해 설명한 적이 있다. 변칙범주를 이해하려면 이항대립을 이해해야 한다. 이를테면 '하루'라는 시간적 개념 속에는 밤의 범주와 낮의 범주를 포함한다. 이 밤과 낮의 대립적 요소가 하루를 이룬다. 장소적 개념에서도 '바다와 육지'에서와 같이 이항대립을 만날 수 있다. 그렇다면 우리는 새벽이 밤인지, 낮인지? 혹은 해변이 바다인지? 육지인지 이런 중간 개념을 만난다. 이렇게 둘의 성격을 모두 포함하고 있는 것을 변칙범주라고 정의했다.

변칙범주는 이항대립으로 나뉜 개념들의 성격을 모두 가지고 있어 사회문화적으로 혼돈을 일으킬 가능성을 내재하고 있다. 이 때문에 인간에게 혼돈을 줄 수 있다. 이를 피하기 위해 변칙범주는 인간들로부터 항상 신성시되거나 혐오의 대상으로 여겨져 왔다고 주장했다. 다시 말하자면 '마지막'은 경우에 따라 신성시되거나 혐오의 대상이 될 수 있다는 뜻이다. 그래서 나는 마지막의 의미를 다시 시작하는 새로운 출발을 예고하는 희망의 시점으로 보자는 제안을 해 본다.

그래서 우리 인생에 있어 마지막 날은 없다. 곧 새로운 날이 시작되기 때문이다. 오늘이 바로 새로운 날이 시작되는 하루 전날이다. 이 얼마나 기분 좋고 신성한 시간이겠는가. 이런 신성한 시간에 나와 내 가족을 넘어 타자들을 돌아볼 필요가 있다.

지금 세상이 어둡고 경제가 힘들다. 그럴수록 우리가 돌보아야 할 사회적 소수 이웃들의 어려움은 더 커질 것이다. 지난 한 해 동안 우리 공존과이음은 타자와 '더불어 살고', 그들을 '위한 삶'을 함께 나눌 수 있었다. 그래서 감사하고 감사하다.

2023년 마지막 날, 이날은 마지막이 아니고 새로운 날 하루 전날, 기뻐해야 할 날임을 공유하고 싶다. 여러분들께 방금 구워낸 커피와 같은 시 〈사잇 날 생각〉을 올린다.

2024.12.31.

사잇 날 생각

해가 교차하는
사잇 날

생각하면 그리워지고
그리워하면
만나고 싶고
만나면 손잡고 싶은
그런 사람
그런 시간입니다.

2023년 우리가 함께한
추억들이
삶의 지난한 바다에서
희망과 나눔이
되었으면 합니다.

사잇 날
아쉬운 날을
멋진 날로 지내도록 해요.
우리 함께

끊임없이 논쟁하는 연구집단

두뇌한국 사업을 통칭 BK라고 부른다. 영어로 Brain Korea의 약자인 셈이다.

나는 이 BK사업의 교육연구단장으로 14년간 일하고 있다. 우리 교육연구단 명칭은 글로컬 다문화교육연구단이다. 우리 교육연구단은 교육단위로서 다문화교육학과를, 연구단위로서 다문화융합연구소로 편제되어 있다.

교육연구단의 비전은 '다문화 사회의 공존과 상생을 위한 사회통합 실현'으로 하여 지속 가능한 다문화 사회의 발전을 위한 글로컬 다문화교육전문가 미래인재양성 교육연구 사업을 14년간 해오고 있다. 10명의 전임교수, 6명의 연구교수, 18명의 풀타임 박사과정 연구원, 이외 30명의 석박사과정생이 연구에 임하고 있으며, BK미래인재양성사업, 연구재단 일반공동연구, 경기이룸대학 운영, 다문화멘토링사업, 질적연구방법론캠프, 인문융합치료센터, 융합연구공동체 세미나, 동서평생교육포럼, ICME국제학술대회 등을 운영한다.

특히 2023년에는 무엇보다 사회과학자로서 질적연구자로서 갖추어야 할 전문연구자의 이념과 윤리성 확보를 위해 연구소 목표를 '연구자의 타자지향성을 위한 이념과 실천'을 목표로 하였다. 제공되는 교과과정은 물론 지역사회의 가족센터와의 공동연구 등의 비교과 과정을 운영하였다. 2023년 실적은 학술대회 4회 개최, 국내학자 초청 12회, 해외학자 초청 8회를 비롯하여, 연구실적으로는 연구소 참여교수 SSCI 및 Scopus 0.5편, KCI 이상 논문 4.5편, 연구교수 3.5편, 대학원생 연구원 2.8편을 기록했다. 또한 연구소의 저술 편찬사업인 사회통합 총서 4권을 출판하였다. 박사 5인, 석사 4인을 배출하였고, 연구소 출신 박사 2인이 전임교수로 진출하였다.

수치로 봐서 우리 연구소는 구성원 모두 2023년 정말 열심히 연구하고 협동하였다. 그러나 BK지원 사업에 최종 탈락의 결과를 접하면서 "조금만 더 분발할 걸…"이라는 회한이 가득하다. 지난 14년간 BK지원을 통해 50여 명이 넘는 박사들이 배출되었다. 그들 중에는 대학교수, 정부 및 지자체 연구원, 지역센터, NGO단체, 독립연구자 등 학문수행자의 삶을 통해 사회변화에 기여하고 있다. 지나간 시간들이 아쉬운 듯 보이지만 그래도 내 연구실과 연구소의 서가를 차지한 두툼한 박사논문들을 바라보면서 한편으로 자기 충만함을 갖는 시간이다. 우리 교육연구단에서 수련한 전문가들이 지속 가능한 다문화사회 실현에 기여할 것을 생각하면 한국의 미래가 어둡지는 않을 것이다.

우리는 사회과학을 수행하는 연구자이다. 사회과학이란 말 그대로 인간들이 형성한 사회와 그 사회부터의 현상들과 문제들을 탐색하고 대안을 제시하는 책무의 학문이다. 그래서 적어도 우리는 자신을 성찰하며 사회를 변화시키는 자리에 있어야 한다. 사회변화를 위한 전제조건은 우리 스스로가 타자를 경험해야 함을 의미한다.

타자에 관한 수많은 철학적 논쟁들은 우리의 사유를 더욱 풍부하게 해 준다. 후설의 타자지향성을 계기로 발전된 타자 철학은 메를로-퐁티와 레비나스에서 확연한 구별을 드러낸다. 메를로-퐁티는 상호주관성 개념을 '더불어 삶'으로 규정한다. 이와 달리 레비나스는 데카르트의 제3성찰에 나타난 무한의 이념에 근거해 타자의 절대적 외재성을 고집하면서 '타자를 위한 삶'을 주장한다. 우리가 주목할 부분은 '더불어'와 '위하여'이다.

이는 마치 일면 내재성과 초월성을 대변하는 듯 보인다. 그러나 여러분들이 리쾨르를 만나게 되면 이 둘의 연관 관계가 다름이 아닌 동전의 양면처럼 이해할 수 있다. 리쾨르는 메를로-퐁티 입장에서 레비나스의 일방적 타자, 절대 타자 논의를 비판하면서 개인의 자기동일성 이념으로 윤리적 차원을 구성한다. 우리가 주목할 것은 현상학에서 주된 개념으로 논의한 타자의 개념은 윤리학적 장을 열어준다. 현상학은 자아의 폐쇄성을 고발하며 타자와 주체 밖의 세계에 대해 의식을 개방하는 것이다.

리쾨르가 말하는 자율과 타율의 필연적 상호연결은 후설의 타자지향성을 넘어 메를로-퐁티의 지각 차원의 가역성에 기초한다고 볼 수 있다. 리쾨르의 제3의 타자성은 주체의 진정한 자기성의 분석이라고 여겨진다. 어떻게 보면 메를로-퐁티식의 보편적 타자성 이해라고 볼 수 있다. 이에 레비나스식의 답변은 도덕 형태의 책임과 타자 관계 속에서 개별적인 인격의 실천적 합리성에 초점을 맞춘다. 다시 말해 그는 실천적 합리성에 근거한 보편주의가 실제로 생활세계에서 어떻게 작동할 수 있는가 하는 의문을 제기한다.

이와 같은 논쟁을 우리는 배워야 하고, 학문수행에 실천해야 한다. 2023년을 BK21사업의 미선정으로 정말 아쉽게 보냈다. 하지만, 나는 2024년에 우리 연구소가 다양한 타자에 관한 논의를 통해 구성원 모두 끊임없이 논쟁하고 토론하는 담론의 장을 형성하는 데 기여하고 싶다. 우리에게 '더불어 삶' vs. '타자를 위한 삶'이 결코 '대립'이 아니라 '합성'이며, '선택'이 아니라 '협동'임을 인식하는 연구가 필요하다고 본다. 이에 대해 2024년에 더욱 진지한 고민과 논쟁이 이어지길 희망한다. 우리는 태생이 사회과학자이며, 따듯한 시선을 지닌 '더불어 삶'과 '타자를 위한 삶'을 실천하는 학문수행자이다. 우리 모두 2024년 새해에는 이를 증빙하는 시간을 만들길 희망한다.

2024.01.01.

파크골프의 즐거움

대부분의 겨울 농촌은 한가하다. 몇몇 대농인 지인들은 가족들과 동남아 여행을 가기도 하고, 겨우내 온천을 간다거나 보신을 위한 특별 음식을 섭취하는 등 봄을 위한 준비를 한다. 그런데 양구가 좋은 점은 스포츠 관련 시설이 많아 농한기에 즐길 수 있는 여가의 장소가 많다는 것이다.

나도 아내와 함께 파크골프장에 나간다. 이 파크골프장은 양구군에서 설치하고 양구 파크골프 협회에서 관리한다. 회원으로 가입한 후에 한 달에 만 원만 내면 언제든지 파크골프를 즐길 수 있다. 현재 3개의 코스 27홀이 있는데, 봄부터 1개의 코스가 추가되어 4개의 코스가 생기는 셈이다.

매일 아침을 먹고 파로호 근방의 파크골프장으로 간다. 오전에 2~3시간이면 3개의 코스를 돈다. 점심을 먹고 또 한 번 라운딩하면 4시 정도에 끝난다. 일주일에 3일 정도는 파크골프장에서 힐링한다.

파크골프는 Park(공원)와 Golf(골프)를 합쳐 만들어진 합성어이다. 파크골프장은 공원이나 강변을 이용한 수변공원에 많이 만들어져

있다. 또한 용어나 경기 룰, 에티켓 등은 골프와 유사하지만, 장비나 시간에 크게 구애받지 않는다. 파크골프는 1983년 일본 홋카이도에서 시작된 것으로 알려져 있으며, 현재는 세계 여러 나라로 저변이 확대되어가고 있다.

한때 시간이 많은 은퇴자에게 인기 있는 스포츠였지만 현재는 젊은 층에도 주목받고 있다. 각 지역의 파크골프 협회에서는 수시로 신규회원을 모집하고 있으며, 며칠간의 기본적인 교육을 하고 실전에 투입된다. 보통 2개 코스를 기준으로, 1개 코스에는 9홀이며, 홀 구성은 파3(40~60m) 4개, 파4(60~100m) 4개, 파5(100~150m) 1개로 구분되고, 2개 코스(18홀)에서 최소 타수의 선수가 승리하는 게임이며, 한 팀은 2~4명까지이며 4명 이상은 할 수 없다. 채의 길이는 86cm 이하이고, 공의 크기는 지름 6cm이며, 공의 무게는 80~95g이다.

파크골프장에 따라 4개(36홀) 및 이상의 코스가 있는 곳도 있으며, 보통 홀 깃발의 색상은 A코스-적색, B코스-청색, C코스-황색, D코스-백색으로 되어 있다.

우리 부부는 주로 배꼽 스테이와 배꼽제빵소 대표이신 임재순 선배님 내외분과 함께 파크골프장에서 내기를 한다. 4명이 타수에 따라 등수를 정하는데 꼴찌인 4등은 밥을 사고, 1등은 기분 좋으니 커피를 사는 것으로 했다. 골프를 쳤던 사람들이 파크골프에 유리하다. 나는 골프장 근처에 못 가봤으니 대개 꼴찌를 한다. 져서 밥을 사도 즐겁다. 그런데 얼마 전 내가 C코스에서 '홀인원'을 했다. 그래서 그날은 등수와 관계없이 밥도 사고 커피도 샀다.

파크골프는 거리와 방향을 가늠해야 하고 볼에 타격을 줄 때 가하는 힘의 세기 조절이 중요하다. 또한 목표에 도달하여 퍼팅할 때의 집중도 등도 필수적이다. 그래서 집중력 훈련과 치매 예방에도 효과가 있다고 한다. 3개 코스를 다 돌면 12,000보 정도가 되니 유산소 운동도 된다. 추위도 잊게 하고 양구의 맑은 공기를 한껏 마실 수 있는 파크골프를 여러분께 권유하고 싶다.

2024.02.14.

3월에도 내리는 눈

3월은 이미 입춘도 지나 정원의 꽃나무들의 움이 트는 시기이다.

그런데 어제부터 내리는 봄비가 밤새 함박눈이 내려 마당에 수북하게 쌓였다.

남부 지방에는 매화 꽃이 벌써 핀다던데, 3월에 내리는 눈이라 당황스럽기도 하고 반갑기도 하다.

눈이 내리면 눈을 쓸어야 한다. 넉가래로 밀고 빗자루도 눈을 쓸어 낸다. 제설작업이 얼마나 힘든지 해 보지 못한 사람은 모른다. 그래서 양구에서 군대생활을 했던 분들은 겨우내 눈 치우는 것이 일과였고, 가장 잔인한 기억이라고도 한다. 그도 그럴 것이 어느 해 겨울은 3일 내내 눈이 내린 적도 있었다. 그러면 눈이 녹을 때까지 모든 교통은 두절되곤 했었다. 지금은 제설장비가 발달했고, 각 마을마다 제설 당번이 있어서 눈이 내리기 무섭게 쌓이기도 전에 눈을 민다.

오늘 나는 우리 집 마당과 정원 산책길을 쓸고 이웃 독거 어르신 집 앞의 눈을 밀었다. 이렇게 제설작업을 하다가 문득 허리를 펴고 눈 쌓인 사명산을 바라보았다. 이 무슨 동양화란 말인가? 내가 이 그림

속에 있다니…. 이런 설국 속에 무슨 근심을 가질 수 있을까? 오늘은 하루 종일 내린 눈을 밟으며 어머니의 얼굴을 생각해 본다.

3월에도 눈이 내립니다

내 고향 양구는
3월에도 눈이 내립니다.

진눈깨비로 시작한 눈이
온종일 내려
이제는 성글성글 흰 눈이
되었습니다.

하늘에 있는 그대의
그리움이 눈이 되어 내리는지
내 그리움이 커서
눈물이 얼어 눈이 되었는지

꽃이 피는 3월에도 양구에는
눈이 내립니다.
나무에 눈꽃이 핍니다.

지나가는 이들은 무심코
그리움의 눈을 짓밟아
잠시 발자국을 눈 위에 남겼지만
이내 눈으로 뒤덮입니다.
그리움도 그렇게

내 고향 양구에는
3월에도 눈이 내립니다.
그리움의 눈이 내립니다.

그 덮인 눈 위에
그대의 자취를 찾아봅니다.
그리움을 찾아봅니다.

2024.03.03.